文春文庫

白《しろ》桐《ぎり》ノ夢《ゆめ》

居眠り磐音（二十五）決定版

佐伯泰英

文藝春秋

目次

「居眠り磐音」

主な登場人物

佐々木磐音《さ さ き いわ ね》

元豊後関前藩士の浪人。直心影流の達人。旧姓は坂崎。師である佐々木玲圓の養子となり、江戸・神保小路の尚武館佐々木道場の後継となった。

おこん

磐音の妻。磐音が暮らした長屋の大家・金兵衛の娘。今津屋の奥向き女中だった。

今津屋吉右衛門《いま づ や きち え もん》

両国西広小路の両替商の主人。お佐紀《さき》と再婚、一太郎が生まれた。

由蔵《よし ぞう》

今津屋の老分番頭。

佐々木玲圓《さ さ き れい えん》

直心影流の剣術道場・尚武館佐々木道場を構える。内儀はおえい。

速水左近《はや み さ こん》

将軍近侍の御側御用取次。佐々木玲圓の剣友。おこんの養父。

依田鐘四郎《よ だ かね し ろう》

佐々木道場の元師範。西の丸御近習衆。

松《まつ》平《だいら》辰《たつ》平《ぺい》　佐々木道場の住み込み門弟。父は旗本・松平喜内《きない》。廻国武者修行中。

重《しげ》富《とみ》利《とし》次《じ》郎《ろう》　佐々木道場の住み込み門弟。土佐高知藩山内家の家臣。

品《しな》川《がわ》柳《りゅう》次《じ》郎《ろう》　北割下水の拝領屋敷に住む貧乏御家人。母は幾代《いくよ》。

竹《たけ》村《むら》武《ぶ》左《ざ》衛《え》門《もん》　南割下水吉岡町の長屋に住む浪人。妻・勢津《せつ》と四人の子持ち。

木《きの》下《した》一《いち》郎《ろう》太《た》　南町奉行所の定廻り同心。

幸《こう》吉《きち》　深川・唐傘《からかさ》長屋の叩き大工磯次《いそじ》の長男。鰻屋「宮戸川」に奉公。

おそめ　幸吉の幼馴染み。縫箔職人を志し、江三郎《こうざぶろう》親方に弟子入り。おはつの姉。

桂《かつら》川《がわ》甫《ほ》周《しゅう》国《くに》瑞《あきら》　幕府御典医。将軍の脈を診る桂川家の四代目。妻は桜子。

中《なか》川《がわ》淳《じゅん》庵《あん》　若狭小浜藩の蘭医。医学書『ターヘル・アナトミア』を翻訳。

徳《とく》川《がわ》家《いえ》基《もと》　将軍家の世嗣。西の丸の主。

小《こ》林《ばやし》奈《な》緒《お》　磐音の幼馴染みで許婚《いいなずけ》だった。小林家廃絶後、江戸・吉原で花魁《おいらん》・白鶴《はつかく》となる。前田屋内蔵助に落籍され、山形へと旅立った。

坂《さか》崎《ざき》正《まさ》睦《よし》　磐音の実父。豊後関前藩の藩主福坂実高《ふくさかさねたか》のもと、国家老を務める。

『居眠り磐音』江戸地図

新吉原
山谷堀
東叡山 寛永寺
待乳山聖天社
向島
上野
下谷車坂町
浅草
今戸橋
聖天町
浅草寺
花川戸町
竹屋ノ渡し
不忍池
下谷広小路
新寺町通り
新堀川
吾妻橋
業平橋
十間川
首尾の松
北割下水
今津屋
品川家
天神橋
法恩寺橋
新シ橋
浅草御門
石原橋
本所
南割下水
柳原土手
竹村家
横川
長崎屋
金的銀的
両国橋
松井橋
竪川
薬研堀
大川
浮世小路
若狭屋
鰻処宮戸川
六間堀
魚河岸
猿子橋
日本橋
新大橋
小名木川
日本橋川
日本橋
鎧ノ渡し
万年橋
霊巌寺
深川
亀島橋
霊岸島
金兵衛長屋
八丁堀
永代橋
仙台堀
永代寺
鉄砲洲
富岡八幡宮
佃島
越中島
堺橋

護国寺
中山道
日光御成街道
面影橋
小石川
伝通院
本郷
豊後関前藩
上屋敷
湯島天神
牛込
神田川
牛込御門
表猿楽町
神田明神
尚武館佐々木道場
駒井小路
駿河台
筋違橋御門
田安御門
昌平橋
市谷八幡宮
神保小路
九段坂
雉子橋
内藤新宿
四谷大木戸
市谷御門
善国寺谷通
麹町
江戸城
四谷
四谷御門
大手御門
半蔵御門
道灌堀
平川天満宮
和田倉御門
呉服町
馬場先御門
鍛冶橋御門
南町奉行所
数寄屋橋御門
溜池
三十間堀川
木挽橋
原宿
木挽町
愛宕権現
増上寺
宝泉寺
麻布村
麻布広尾町
芝

本書は『居眠り磐音 江戸双紙 白桐ノ夢』（二〇〇八年四月 双葉文庫刊）に
著者が加筆修正した「決定版」です。

編集協力 澤島優子
地図制作 木村弥世
DTP制作 ジェイ エスキューブ

白桐ノ夢

居眠り磐音（二十五）決定版

第一章　殴られ屋

一

初夏の陽射《ひざ》しが穏やかに落ちる神保小路《じんぼうこうじ》を、風が爽《さわ》やかに吹き抜けていた。

直心影流尚武館《じきしんかげりゅうしょうぶかん》佐々木《ささき》道場の井戸端から聞こえていた賑《にぎ》やかな声も、今はない。

朝稽古《あさげいこ》が終わり、通いの門弟衆は大半が道場から引き上げていた。だが、住み込み門弟のでぶ軍鶏《しゃも》こと重富利次郎《しげとみとしじろう》らは最前まで井戸端で、稽古でかいた汗を流しながら賑やかに談笑していたのだ。その声も絶えて一時《いっとき》の静寂が戻っていた。

片番所付きの長屋門では飼い犬の白山《はくさん》が、近頃また一段と大きくなった体を陽だまりに横たえ、早い昼寝を貪《むさぼ》っていた。

婿入り後も暇を見つけては道場に通い、すでに師範の役目を辞しているにもかかわらず「師範」と未だ呼ばれることもある依田《よだ》鐘四郎《かねしろう》は、尚武館の新しい嫁女おこんがお裾《すそ》分《わ》けしてくれた初鰹《はつがつお》を一尾、杉葉を敷いた竹籠《たけかご》に入れて抱えていた。

今津屋《いまづや》が尚武館にと三尾届けたうちの一尾だ。

(これで一杯飲むと堪《こた》えられぬな)

にんまりと笑みを浮かべた鐘四郎は、白山がむっくりと起きたのを見た。尻尾《しっぽ》を振るか、吠《ほ》えるべきか迷う風情《ふぜい》を見せて、

わーん

と一声軽く吠えた。

「どうした、白山」

と声をかけたのは、庭から道場の表玄関に姿を見せた重富利次郎ら若い門弟だ。白山がちらりと利次郎を見たとき、その前に飛脚が立った。

「こちらは佐々木先生の道場ですね」

武家屋敷の坂道を駆け上がってきたか、飛脚の額には汗が光っていた。

「いかにも、尚武館佐々木玲圓《れいえん》道場じゃ」

と応じた利次郎が、

「先生宛の書状か」

と訊いた。すると飛脚が背に担いだ御状箱《ごじょうばこ》を下ろし、

「いや、肥後《ひご》の熊本城下から佐々木磐音《いわね》様に宛てられた書状でさ」

「肥後熊本からだと。師範、松平辰平《まつだいらたつぺい》からの文ではございませんか」

言うやいなや利次郎は飛脚に走り寄ろうとしたが、突然、途中で踵《きびす》を返すと奥へ駆け込んでいった。

書状の宛名の若先生に知らせるのが先と考えたようだ。

飛脚屋が御状箱から取り出したのは、果たして痩《や》せ軍鶏こと松平辰平の力強い書体の文だった。

「あやつ、字はあまり上手《うま》くなっておらんな」

受け取った鐘四郎が、遠い肥後の地から運ばれてきた書状の表書きを見た。

鐘四郎の周りを若い門弟らが囲んだ。

その中には豊後《ぶんご》関前《せきまえ》藩家臣井筒《いづつ》遼次郎《りようじろう》の姿もあった。

辰平とは関前逗留《とうりゆう》中に交流があっただけに、遼次郎には緊張した顔で武者修行に発《た》った辰平の姿が思い出され、懐《なつ》かしくも嬉《うれ》しい便りだった。

「師範、上手《た》い下手《へた》は別にして、この字の具合から見て元気そうですね」

若い門弟が鐘四郎の手にした書状を覗《のぞ》き込んで言った。

「おおっ、この筆勢ならばまず元気に相違あるまい」

と言うところに、利次郎が磐音とおこん夫婦を伴ってきた。

「辰平どのからの知らせだそうですね、師範」

と磐音が声をかけたところに、

「わっしはこれで」

と用を済ませた飛脚が帰ろうとした。

「お待ちください」

と引きとめたおこんが、

「ご苦労にございました」

と奉書紙に包んだ気持ちを手渡した。

「すまねえ、おこんさん。いやさ、今じゃあ佐々木家のお内儀《ないぎ》様だったな。有難く頂戴しますぜ」

と快く受け取りながら眩《まぶ》しそうにおこんを見た。

「飛脚屋さん、御小納戸《おこなんど》衆松平喜内《きない》様のお屋敷には、同じく肥後から文が届いたかしら」

口調を和らげたおこんが気を回したのは、辰平が実家にも書状を書いたかどうかだった。

「いえ、こちらの文だけですぜ」

頷《うなず》いて思案するおこんに、

「わっしはこれで」

と改めて挨拶《あいさつ》した飛脚屋が門へと向かい、白山に、

「いいか、この次に来たときにはおれの顔を覚えてな」

と言い残して姿を消した。それを白山が見送る体《てい》で尻尾を振った。

「若先生、封を披《ひら》いてわれらにも読み聞かせていただけませんか」

利次郎が催促した。

「長の旅をしてきたのだ。まずは道場の神前に無事着いたことを感謝して披こうか」

一同は磐音の言葉に道場へと戻っていった。すると、一旦草履《ぞうり》を履いて帰路につこうとしていた鐘四郎まで付いてきた。なにしろ幕府開闢《かいびやく》以来、百七十余年が過ぎ、武士が武者修行を志す時代は終わっていた。

今や江都《こうと》一との評判が定着した尚武館佐々木道場の門弟ですら、武者修行を志す者は滅多にいない。磐音とおこんの豊後関前訪問に同道したことがきっかけと

はいえ、西国武者修行の最中にある若い門弟の辰平が、書状を寄越したのだ。だれしも気になった。

見所前《けんぞ》に正座した門弟一同は、磐音が神棚に辰平の書状を捧げて拝礼するのへ、それぞれが心の中《うち》で、

(辰平の無事と大願成就)

を念じた。

磐音は再び書状を手にすると、一同の前に戻って座した。おこんはその輪の外に控えて様子を見守った。

「あやつ、江戸が恋しいなどと泣き言を言うてきたのではないか」

と利次郎が呟《つぶや》く。

「そなたとは違おう」

「師範、辰平よりそれがしは甘うございますか」

「ほう、そなた、仏頂面で反撃する気か」

「そうではありませんが、師範の申しようがちと気に障《さわ》りました」

利次郎は辰平とよき競争相手であっただけに、辰平の行動の全てが気になっていた

仕方ない。なにしろ武者修行に出た辰平を羨《うらや》ましくも思い、悔しくも思っていた

のだ。

「そなたが母御とともに神田明神下の甘味屋に入り、汁粉なんぞを美味《うま》そうに食しておるところを見たことがある。利次郎、近頃の話だぞ。母御が大きななりのそなたの口の端についた汁なんぞを懐紙で拭《ぬぐ》い取られるさまは、年端のいかぬ子を慈しむようで微笑《ほほえ》ましく思うたぞ。そなた、いくつに相成る」

「げえっ！」

と利次郎が上体を仰《の》け反《ぞ》らせた。

「師範、あれをご覧になったのですか。えらいところを見られてしもうたな」

利次郎は姉二人、兄一人の末っ子で、土佐山内家の家臣重富百太郎《ひゃくたろう》が四十近くになってからの子だ。それだけに母親も末っ子の利次郎が可愛《かわい》いのであろう。

「利次郎さん、母御とご一緒に甘いものなどお食べになるなんて、親孝行の倅《せがれ》様ではありませんか。なにも恥ずかしがることではございませんよ」

おこんが声をかけた。

「むろん悪いことをしたわけではございません。まさか大の男が母と汁粉なんぞを啜《すす》るところを師範に見られたとは、重富利次郎、一生の不覚です」

大きな利次郎の体が急に萎《しぼ》んだようだ。

「利次郎どの、おこんの申すように、親御様と仲睦《むつ》まじいことは誇ってよいことじゃぞ」

と磐音が言い、すでに披いた書状を手に、

「読んでよいかな」

と訊いた。

「痩せ軍鶏は武芸修行、おれは母者と甘味屋巡りか。だいぶ差を付けられたな」

と利次郎がぼやき、磐音の声が重なった。

「新春の候、江戸神保小路では目出度《めでた》き事が目白押し、祝着《しゅうじゃく》至極に存じ候《そうろう》。

佐々木磐音様、おこん様の祝言《しゅうげん》も無事に終わりし頃かと遠き肥後の地で推測致し、また祝宴の風景などをあれこれ勝手に夢想致しおり候。

磐音様、おこん様、御成婚の儀、謹《つつし》んでお祝い申し上げ候。

それがしもその場に同席してお祝い申し上げたきところなれど、わが身は西国肥後にありてその願いも叶《かな》わず。磐音様とおこん様の豊後関前での仮祝言の情景を思い出し、感激新たに致しおり候。

さて、肥後熊本藩剣術指南横田《よこた》傳兵衛《でんべえ》先生の下での剣術修行も早半年が過ぎ、傳兵衛先生から折紙《おりがみ》目録のお許しを得ましたを機に、それがし肥後を離れ、当初の目的どおり遍歴武芸修行をいよいよ実行に移すべく愚考致した次第。この書状が江戸に着く頃には肥前路《ひぜんじ》を跋渉《ばっしょう》しておる事と存じ候。

肥後熊本滞在の折りは、磐音様や中戸信継《なかとのぶつぐ》先生の縁故ゆえ仮門弟として厚遇を受け、それがし未だ廻国修行の厳しさを知らず。野に伏し、雨風に打たれる修行にどこまで耐えられるや否《いな》や。なれど、これからが正念場と決意を新たに致しおり候段、磐音様にご報告申し上げ候。

さて、尚武館ご門弟衆も日夜厳しい稽古に明け暮れておられる事と拝察仕《つかまつ》り候。それがし松平辰平も、心身ともに壮健にて旅路にある事をお伝え下されたく願い上げ候。

末筆乍《なが》ら、佐々木玲圓先生、御内儀おえい様に宜《よろ》しくお伝え下されたく伏して願い上げ候。

安永七年弥生《やよい》吉日

佐々木磐音様　　松平辰平」

磐音の声が消えると、

「頑張りおったな。武術盛んな肥後熊本藩の横田傳兵衛先生のもとで折紙目録を得たとは、なかなかのものではないか」

と依田鐘四郎が褒《ほ》めた。

折紙目録とは、内容が一目で分かるように、奉書、杉原紙《すぎはらがみ》、鳥の子紙《とりのこがみ》を二つ折りにして列挙したものである。武道では一定の技芸に達したと判断されたとき、師匠が門人に与えるものだ。

「師範、辰平どのは大変な努力をしたようですね」

「いかにもいかにも」

と磐音と鐘四郎が言い合う中、
ふうっ
と大きな溜息《ためいき》が道場に響いた。

利次郎だ。

「どうしたな、利次郎」

鐘四郎の問いかけも聞こえぬ体でふらふらと利次郎は立ち上がり、蹌踉《そうろう》と玄関へと歩み去った。その様子を女門弟の霧子《きりこ》がじっと見ていた。

霧子は雑賀衆《さいかしゅう》の女忍びで、総頭《そうがしら》雑賀泰造日根八《たいぞうひねはち》の配下として、日光社参に微行した家基の命を狙《ねら》った。だが、幕府の密偵弥助《やすけ》の手で捕われ、雑賀泰造の死後、命を助けられ、佐々木道場の門弟として新たな人生を歩んでいた。

仇敵《きゅうてき》の弥助と親密に接し、今では二番目の師として私淑していた。

「辰平どのの覚悟と成果を知り、驚きを禁じ得ないようですね」

「若いうちはえてして友の行動をあれこれ過剰に受け止め、愕然《がくぜん》とするものです。衝撃があとを引かぬとよいのだが」

と磬音と鐘四郎が言い合い、おこんが、

「差し出がましいことですが、松平様のお屋敷に辰平さんのご様子を伝えなくてよいのでしょうか」

「おこん様、ならばそれがしが帰りに立ち寄りましょうか」

と鐘四郎が言い出し、磬音が、

「お願いします」

と応じた。

磬音とおこんは辰平の書状を持ち、母屋に通った。すると養父の玲圓と養母のおえいが茶を喫していた。開け放たれた障子から梅の青葉が見えて、その上に光が穏やかに散っていた。

「表が賑やかなようだが、なんぞあったか」

尚武館道場の武名が高まるにつれ、しばしば道場破りが姿を見せた。だが、玲圓は磐音の様子からそうではないと察したようで、穏やかな表情で訊いた。

「肥後熊本藩横田傳兵衛様のもとで修行中の松平辰平どのから書状が参ったのです。師範が念のため、帰りに松平家に元気な様子をお知らせするそうです」

「おお、辰平からの文か。どうじゃ、元気そうか」

差し出された文を受け取った玲圓が早速読み始めた。

実子のなかった玲圓とおえい夫婦にとり、若い門弟はわが子同然の間柄だった。辰平も利次郎も十代から道場に通う門弟だ。長い付き合いだけに嬉しさも一入《ひとしお》である。

「辰平どのは壮健なのですね」

とおえいが二人に茶を淹《い》れながら訊いた。

「おそらく松平家からの知らせでございましょう。磐音様が佐々木家に入られたことも私どもの祝言も承知で、祝辞を認《したた》めてくださいました」

「やはり可愛い子には旅をさせるものですね。そのような気配りが辰平どのにできるようになりましたか」

おえいがほっと安堵《あんど》の表情を見せた。

「おえい、そればかりではないぞ。横田傳兵衛先生より折紙目録を許されたそうな」

「まあ」

　と驚くおえいに代わり、

「養父上《ちちうえ》、わずか半年の逗留で格段に上達したものです」

　と磐音が応じた。

「雛《ひな》が成長するときは一晩で変わると言うが、辰平、よう頑張りおったな」

「武門の誉《ほま》れ高い細川家藩道場と目される横田道場は、手厳しいことで西国一円に知れ渡っております。その横田様から目録とは、よう精進したものです」

「いや、わしも驚いたわ。おそらく、武者修行に出る辰平への餞《はなむけ》の目録贈呈ではあろうが、それにしても快挙ではないか」

　玲圓と磐音は喜び合った。

「横田道場の目録とはそれほど大変な栄誉なのですか」

　と町娘だったおこんが訊いた。

「中戸信継先生の口添えがあっての道場滞在とは申せ、そう容易《たやす》く授けられるものではない。やはり、旅に出て成長したのであろうな」

「養父上、利次郎さんが辰平さんの文に驚かれたようで、ふらふらと表に出ていかれました」

とおこんが報告した。

「なに、利次郎がな。この二人、入門時より遊びも剣術も切磋琢磨《せっさたくま》して参った間柄ゆえ、辰平の目録獲得がよほど応《こた》えたか」

なんぞ、仕出かさぬとよいがと磐音は案じたが、それほど愚かな利次郎ではあるまいと思い直した。

「磐音、利次郎にしばらく格別の気配りをいたせ」

「養父上、よい機会にございます。若手の門弟になんぞ目標を定めて競い合う機会を作りましょうか」

「それも手かのう。尚武館道場の運営はすでにそなたの手に移っておる。好きにいたせ」

と玲圓が応じたとき、母屋の玄関口で人の気配がした。

「若先生、こちらかえ」

尚武館の改築の差配をした大工の棟梁銀五郎《とうりょうぎんごろう》の声だ。

「あら、棟梁、どうなさったのかしら」

おこんがすぐに応対に立った。何事か玄関で話していたが、母屋と離れ屋の間の庭に長半纏《ながばんてん》を着た棟梁が姿を見せた。職人衆を伴った様子だ。

「大先生、若先生、お内儀様、皆様お揃《そろ》いで堅固のご様子、なによりにございます」

「銀五郎親方、磐音とおこんの祝言では世話になりました」

おえいの挨拶に、

「なんのことがありましょうか」

と棟梁が答えたとき、おこんが縁側に姿を見せた。

「養父上、棟梁から祝いの品だそうです」

と笑いかけた。

「物々しい格好で祝いの品とはなんだな」

へえっ、と答えた銀五郎が後ろに控えていた職人に合図をした。

「わっしがとある得意先に顔を出しましたら、跡継ぎが生まれたってんで、祝いに白桐《しろぎり》の苗を植えているところでしてね。そこで、はたと思い当たったんでさ。へえ、ちょいと差し出がましいとは思ったんだが、若先生とおこんさんのお子が生まれて、成人なされたときに、なんぞ祝いのお道具を作れるようにと、白桐のいいのを植木屋の親方に願って手に入れたんでさ。そいつをどこか庭の片隅に植えさせてもらえませんかえ」

「銀五郎、またとなき祝いかな。桐の葉は朝廷の御紋でもあり、神紋である目出度い木じゃ」

「小判にも桐紋が極印されてまさあ。ざっくざっくと小判のご入来間違いなしだ」

「当家にはまかり間違うてもそれはあるまいが、ともあれ、わが屋敷の庭は自然流、庭木の趣くままじゃ。どこぞ陽当たりのよいところに植えてくれぬか」

へえ、と張り切った棟梁が合図すると、土を付けたまま、荒縄に巻かれた白桐の苗が二人がかりで運ばれてきた。

「おお、苗と申してもすでに六尺はありそうな立派な苗ではないか」

「わっしが植木屋にあれこれと注文を付けて選んだ若木ですよ」

と銀五郎親方はどことなく得意げに胸を張った。

「養父上、どこに植えてもらいましょうか」

磐音は縁側から庭に出た。

幹元の径はすでに一寸五分の太さはありそうだ。

初夏のこと、枝先にすでに淡紫色の愛らしい花が清楚《せいそ》に咲いていた。

棟梁の銀五郎と植木職人が話し合い、玲圓の許しを得て庭の東側に植えることが決まり、早速穴が掘られ始めた。

その様子を住み込み門弟たちも見物に来たが、利次郎の姿はなかった。

数人がかりで半刻《はんとき》（一時間）、直径一尺五寸深さ一尺余の穴が掘られ、腐葉土が入れられた穴に白桐がすっくと植えられた。そして、青竹の支え棒がしっかりと地中に打ち込まれて縄で結ばれ、水をたっぷり撒《ま》いて作業が済んだ。

「親方、ご苦労にございましたな」

おえいとおこんが銀五郎親方らに縁側まで茶菓を運んできて、

「ご苦労さまでした」

と労《ねぎら》い、おこんが、

「養母上、薄紫の花がなんとも愛らしゅうございますね」

「ほんにこの辺りが急に明るくなりましたな」

すると銀五郎が、

「この季節の桐を格別に花桐と称しますが、あとは花桐に似た可愛らしいやや子を宿したという知らせを待つばかりだ」

と言うのへ、

「まあ、女の子とは限りませんよ、親方」

とおこんの顔が陽射しの中で赤らんだ。

二

磐音は昼餉《ひるげ》の後、おこんに門前まで見送られて外出した。もはや浪々の折りのような着流しや袴《はかま》だけを着けての外出もならず、袴に夏羽織の武家の服装だ。

白山は主《あるじ》が出かける気配に立ち上がり、伸びをして供をせがんだ。

「白山、本日は留守番じゃぞ」

白山は顔を磐音に向け、様子を窺《うかが》うと、また陽だまりに寝転んだ。

「白山、賢いわね。旦那《だんな》様の言葉が分かるのね」

寝転んだまま尻尾を振ってかたちばかりの返事をした。

「おこん、舅《しゅうと》どのの家に立ち寄って参る」

「あら、お父っつぁんなら元気よ。気を遣わないでください」

「折角宮戸《みやと》川《がわ》まで参るのじゃ。顔を見せぬ法はあるまい」

磐音はおこんが強がりを言っているのを承知していた。内心では独り暮らしの父親のことを案じていたのだ。

「おこんは元気とお伝えください」

「舅どのを一度神保小路にお招きいたそうと思う」

と言い残すと、磐音は日除《ひよ》けの塗笠《ぬりがさ》を被《かぶ》り、神保小路から表猿楽町《おもてさるがくちよう》へと下った。

「佐々木の若先生、よいお日和《ひより》にございますな」

と寄合《よりあい》席川崎家の門番が磐音に声をかけた。

この小路を数知れず往来したが、これまで一度としてなかったことだ。ようやく神保小路の住人と認めてもらったのであろうか。

「いかにも爽やかな日和にござる」

武家地の間の道を駿河台《するがだい》下まで下りながら、依田鐘四郎の言伝《ことづて》を思い出していた。

朝稽古に姿を見せた鐘四郎が、雑巾《ぞうきん》を手に拭《ふ》き掃除の列に加わる磐音に、

「若先生、内々にお話が」

と言った。

磐音は掃除を住み込み門弟や若い通いの門人に任せ、

「離れに参りますか」

「いえ、話はすぐに済みます」

と言うので見所の前に鐘四郎と移動した。

「昨日、それがし、出仕にございました」

鐘四郎は西の丸御納戸衆依田家に婿入《むこい》りし、隠居した舅に代わり出仕していた。

西の丸は言わずと知れた、将軍の後継や隠居した将軍、大御所が暮らす千代田城の一角だ。ただ今の西の丸の主は徳川家基で、その聡明明晰《そうめいめいせき》を以《もっ》て、

「家基様が十一代様になられたら幕府の建て直しが成る」

と多くの人々に期待される若様であった。

「昨日、それがしが御小納戸衆の御用部屋で執務に時を忘れておりますと、名前も存ぜぬ御年寄衆がお見えになり、廊下に手招きなされました」

「そのほう、依田鐘四郎と申すか」

「はっ、いかにも依田にございます」

「身共に従え」

「どちらへ」

「問いは許さず」

一言のもとにはね付けられた。

鐘四郎は恐縮して畏《かしこ》まり、腰を落として初老の武家に従った。廊下をあちらに曲がり、こちらに曲がりする度に、森閑として物音一つ聞こえなくなった。

「よいか、それがしが命じたら、頭を低うして問われたことに短く答えよ」

「はっ」

と鐘四郎は畏まるしかない。

西の丸書院か、白砂の庭が見えた。

初老の武家は用意されていた履物を履き、鐘四郎にも廊下から下りよと無言で命じた。

白砂の端を回って築山《つきやま》のある庭に出た。大きな泉水のかたわらに四阿《あずまや》があり、供を従えた若侍が茶を喫していた。

「爺《じい》、伴うたか」

若い声に尋ねられると、爺と呼ばれた初老の武家が、

「頭を低うせよ」

と鐘四郎に命じた。

鐘四郎はそのお方が家基と知ったときから、全身にさあっと冷や汗が流れるのを感じた。

「依田鐘四郎、出仕は慣れたか」

「はっ」

と答えたきり、次の言葉が出てこない。

「ご返答申し上げよ」

御年寄衆が催促した。

「な、慣れましてございます」

「尚武館の師範の務めのようには参らぬか」

「はっ、はあ、なんとも難しいようで易しいようで、なんともはや」

「これ、そなたの返答は曖昧《あいまい》で、まるで返答になっておらぬではないか。もそっとしっかり答えられぬか」

と御年寄衆の爺侍が叱《しか》りつけた。

「爺、かたわらからやいのやいの言うては、答えるものも答えられまい」

と家基が爺を窘《たしな》め、

「鐘四郎、言伝を頼む」

と言った。

「御言伝にございますか。どなたさまにでございましょう」

「佐々木磐音にのう、三日後の昼前、桂川甫周《かつらがわほしゅう》が予の脈を見に参る。その折り、予《かね》て約定《やくじょう》のものを手配いたせと伝えよ」

「御言伝はそれだけにございますか」

「いかにもさよう」

と答えた家基が、

「楽しみにしておるともな」

と付け加えた。

「若先生、それで意は通じましたか」

「通じましたぞ、師範」

「一体全体なんですな。桂川先生といい、予て約定のものといい、まるで判じ物ではございませぬか」

「師範、知らぬほうがよいでしょう」

と磐音も思案を巡らし、その結果の外出となったのだ。

磐音は両国西広小路に差しかかり、今津屋を横目に両国橋に向かった。まずは深川の御用からと考えたのだ。

初夏の候である。

柳の若枝が風に靡《なび》き、往来する娘たちの単衣《ひとえ》の裾《すそ》が軽やかだった。

長さ九十六間の橋を一気に渡り、東広小路の雑踏を斜めに突っ切り、竪《たて》川に架《か》かる一ッ目之橋を渡って六間堀へと向かう。

風も陽射しも家並みまでも懐かしく感じるのは、磐音が住み慣れた深川を離れたせいか。

六間堀の一番北に架かる松井橋の手前で河岸《かし》道《みち》に出た。すると、

ふわっ

と見慣れた光景が視界に広がり、それがなんとも優しく磐音を迎え入れてくれた。

燕《つばめ》が白い腹を見せながら六間堀の流れを掠《かす》めて飛び去り、山城橋を越えた辺りで大きく方向を転じて、対岸の武家地の屋根へと姿を消した。

鰻《うなぎ》を焼く香りが風に乗って漂ってきた。

深川鰻処宮戸川の店頭から漂う蒲焼《かばやき》の匂《にお》いだ。

昼餉を食したばかりだというのに磐音は思わずくんくん匂いを嗅《か》いだ。

「おや、神保小路の若先生のご入来ですよ、親方」

橋向こうから目敏《めざと》く磐音の姿を見つけた幸吉《こうきち》が鉄五郎《てつごろう》親方に注進した。そして、

「尚武館の若先生、おこんさんと早、夫婦喧嘩《げんか》でもして屋敷を追い出されたんですか」

と叫んだ。

「残念ながら喧嘩をいたす暇《いとま》もない。夫婦仲は他人が入れぬほどぴたりと息が合うておるでな」

「ちえっ」

と吐き捨てた幸吉が、

「天下の往来で、日中、尚武館の若先生が六間堀じゅうに聞こえるほどののろけを言ってるよ。世も末だぜ」

いつの間に出てきたのか、捩《ねじ》り鉢巻の親方が手にしていた団扇《うちわ》で幸吉の頭をぴしゃりと叩《たた》く。

「あ、痛た」

「大人をからかうからこんなことになるんだ」

と小言を食らった。

「坂崎様、おっと、佐々木様でございましたな。ようこそいらっしゃいました。金兵《きんべ》衛《え》さんのところに御用ですかえ」

「そうではない。親方にいささか相談がござってな」

「ほう。座敷はただ今一杯ですので、よくご存じのとこだが、汚ねえ帳場に通りますかえ」

「親方、立ち話でよい。そのほうが他人に聞かれぬで都合がよい」

「なんだか知らないが、それでよろしいので」

磐音と鉄五郎の立ち話は四半刻《しはんとき》(三十分)も続いた。

話が終わったとき、鉄五郎の額には汗が浮かび、緊張の色がありありとあった。

「お願い申す」

「一世一代のご注文です。精進して作らせてもらいますぜ」

「親方、普段どおりでよいのだ」

「へえ」

と答えたものの、鉄五郎の緊張は解けなかった。

磐音は金兵衛長屋に回り、半刻ほど舅の話し相手を務めることになった。

「坂崎さん、いや、違った。浪人さん、いや、これでもねえ、もはや尚武館佐々木道場の若先生だものな」

「舅どの、それがし、娘婿にござれば、磐音でも佐々木でも好きにお呼びくだされ」

「それができればいいが、長いこと坂崎さんで通したからな」

「いかにもさようでした」

「おこんとはうまくいっていますかい。あいつは気が強いからさ、頭ごなしに坂崎さん、いや若先生を叱り飛ばして、大先生に怒られているんじゃありませんか。でもって、六間堀に舞い戻っていいかどうか、尋ねに来たんじゃないんですか」

「そうではござらぬ。おこんとの仲は至って睦まじゅうござれば、ご安心を」

「そうか、仲睦まじいのか。そのうち、やや子が生まれるという知らせが届きそうか。いや、その知らせに来なさったか」

「いいえ、本日はいささか御用がございまして宮戸川を訪ねたところです。そのついでと申してはなんですが、舅どのをわが屋敷にお招きいたしたく立ち寄りました」

「なんだ、そんなことか」

「お訪ねくださいますか」

「駄目だ」

と金兵衛の返答はにべもない。

「なぜにございます」

「娘の嫁入り先に父親《てておや》がちょろちょろ顔出しするなんて、未練たらしいや。深川生まれの男のするこっちゃねえ」

「嫁入り先を親が訪ねるのはごく自然な情にございます」

「若先生とうまくいってりゃおれの出番はないよ」

と金兵衛の返事は変わらない。そんな押し問答と四方山《よもやま》話を半刻ほど続けた後、磐音は金兵衛の家を辞去した。すると声を聞きつけた長屋の連中が見送りに木戸口まで出てきた。

「大家さん、そう無理しなくてもいいのにね」

水飴《みずあめ》売りの五作《ごさく》の女房おたねが言い、付け木売りのおくま婆さんまで、

「頑固だねえ。夕方になるとさ、川向こうの神保小路のほうを見て、おこん、元気かなんてさ、独り言ぬかしてるくせにさ」

「若先生の前だと、どうしてああも空元気を通すかね」

と女たちが言い合い、

「若先生さ、今度はおこんちゃんと一緒に来ておくれよ。金兵衛さんが喜ぶよ」

「さよう、おこんを伴えばよかった」

と磐音も木戸口で悔やんだ。

六間堀沿いに磐音は再び宮戸川の前を通り、北に向かって竪川を越えると武家地を抜け、本所北割下水の御家人品川柳次郎《しながわりゅうじろう》の屋敷を訪ねた。すると少し傾き加減の陽《ひ》が射《さ》す縁側で、柳次郎と幾代《いくよ》母子、姉さん被りの若い娘が虫籠《むしかご》作りに精を出していた。

娘は椎葉有《しいばゆう》だ。

「お三方、仲睦まじゅう精が出ますな」

「おや、これは佐々木様」

と幾代が顔に満面の笑みを浮かべて磐音を迎えた。

「幾代様、健やかなご様子、なによりにございます」

「今津屋様のお蔭《かげ》で、七十俵五人扶持《ぶち》の権利が札差《ふださし》から品川家に戻ってきましたゆえ、内職などせずともなんとか暮らしは立ちます。ですが、長年携わってきて、季節季節に付き合う商人《あきんど》もおられまして、頼まれるとつい」

と幾代が応じ、柳次郎が、

「母上は私とお有どのの祝言に際し、椎葉家に恥ずかしくない仕度をと、妙に頑張っておられるのです。そのせいでお有どのまで手伝わされる羽目になり、われら、二人で芝居にも散策にも出られぬ有様です」

「あら、柳次郎様。私、こうして幾代様と柳次郎様のおそばにいるだけで楽しゅうございます。芝居なんぞ見に行きたいとも思いません」

「それがしは時に、大こぶなしにお有どのと語らいたいと思うております」

「柳次郎、そうしたければいつでもどうぞ」

「とは申せ、二人だけで出かければ母上の恨《うら》みを買うことになりそうだ」

と柳次郎が苦笑いし、

「おや、もう七つ（午後四時）に近いぞ。お有どのを送っていく刻限だ」

と慌《あわ》てて立ち上がろうとした。

「柳次郎、なんですね、折角佐々木様が顔を見せてくださったというのに、お茶くらい差し上げる余裕はありましょう」

そう言いながら幾代は虫籠を手際よく仕上げて立ち上がった。

「幾代様、私が」

「お有様、嫁に来る前からそなたを使い立ていたしますと、世間様にも柳次郎にも恨みを買いそうです。まあ、そこで殿方の話し相手をしていらっしゃい」

と幾代が台所に消えた。

磐音は、椎葉有と柳次郎が夫婦になることが決まり、品川家がぱあっと明るくなったことを喜ばしく思った。

「おこんさんは佐々木家の暮らしに慣れましたか」

「うちは直参《じきさん》旗本ではなく、道場稼業です。言わばお堅い武家と町屋の暮らしの中間のようなもので、今津屋で大所帯の暮らしに慣れていたおこんは、上手に溶け込んだようです」

「佐々木様、おこんさんは、姑《しゅうとめ》様とはうまくいっておられるのでしょう」

お有が小声で訊いたのは幾代のことを気にしたからだろう。

「養母上《ははうえ》とも実の親子のように過ごしております。今度、二人して三味線を習うそうです」

「それは羨ましい」

鶴吉《つるきち》が浅草聖天町《しょうでんちょう》に六代目三味芳の看板を掲げたのを機に、おえいは昔習っ

た三味線を再び手習いすると言い出し、おこんまでが、

「ならば私も養母上に弟子入りいたします」

と言った。おえいは、

「なんとも頼りない師匠ですね。母娘《おやこ》でたれぞよき師匠を探しましょうか」

と二人で話し合いがなっていた。

「お有どのは母上のことを過剰に気になさっているのです。私は婆やくらいに割り切ればいいと言っているんですがね」

と笑ったとき、

「おや、たれが婆やです」

と幾代が、茶と茶請けの豆大福を盆に載せて運んできた。

「美味《おい》しそうな豆大福にございますな」

「佐々木様は食べ上手ですからね。ささ、川向こうほど本所界隈《かいわい》には美味しい甘味をこさえる菓子舗はございませんが、法恩寺橋際の瑞穂《みずほ》の豆大福はなかなかのお味です」

と幾代が勧め上手ぶりを発揮した。

「頂戴します」

と手に摘み、口に入れた途端、

「なんだ、佐々木の若先生、陽が西に傾いたというに、立派ななりをした武家が大福なんぞにかぶりついておるのか。坂崎どのが佐々木と改姓して以来、ろくな仕事が廻《まわ》ってこぬぞ。若先生、本日はなんぞよき知らせにござろうな」

と破《わ》れ鐘のような地声が響き、縁側に両手を突いた武左衛門《ぶざえもん》が菓子盆の豆大福を一つ摘んで口に咥《くわ》えた。

「これ、竹村《たけむら》武左衛門、そこに直れ。品川幾代が昔取った杵柄《きねづか》、亡き母上直伝の薙刀《なぎなた》でそなたの無作法を改めてくれん」

と睨《にら》み、豆大福を咥えたままの武左衛門が両眼を大きく見開いて身を竦《すく》めた。

三

磐音と柳次郎とお有は西陽に向かって両国橋を渡っていた。大川の流れがきらきらと黄金色に輝き、千代田の城の横手に大きな日輪が落ちていこうとしていた。

夕風がお有の乱れた髪を戦《そよ》がせていく。慣れない虫籠作りで髷《まげ》を乱したか、それが気になるらしくお有が手で撫《な》で付けようとして立ち止まり、

「柳次郎様、おかしくはございませんか」

と訊いた。

「御髪《おぐし》が乱れたか」

柳次郎が怖《お》ず怖《お》ずと、お有の乱れた髪を撫で付けた。

磐音は、友の柳次郎の横顔が幸せに満ち溢《あふ》れているのを見て胸が熱くなった。

柳次郎は品川家の次男坊であったが、父は放蕩者《ほうとうもの》の上、外に女をつくり家計など顧みないどころか、七十俵五人扶持の俸給を何年も先まで借金の担保《かた》にして札差に前借りをし、品川家を困窮のどん底に導く因《もと》を作った。嫡男《ちゃくなん》は品川宿の遊女に入れあげて子を産ませ、もはや無役の御家人の跡継ぎなどまっぴらと宣告した。

内職に精を出しながら品川家の体面をなんとか保ってきたのは幾代であり、柳次郎だった。それだけに、お上が柳次郎の品川家の相続を認め、加えて、昔馴染《なじ》みのお有と夫婦約束ができたのは喜ばしいことと感じていた。

「佐々木さん、失礼しました」

柳次郎が磐音の視線に気付き、慌ててお有の髪から手を離した。

「品川さんのお顔がふっくらとしたようでそれを見ておりました」

「えっ、私、太りましたか」

と応じた柳次郎が、

「うーむ」

と唸《うな》り、

「お二人に家の内情を申し上げるのは恥ずかしい次第ですが、母上が、そなたも品川家の当主になられたのです、と言って夕餉《ゆうげ》に尾頭付きの焼き魚など菜を一品増やしてくれたのです。それでついご飯をもう一膳《ぜん》余計に食べましたか。なんとも幸せ太りですね」

と磐音が微笑んだ。

三人は再び歩き出した。

「柳次郎様、私は真ん丸なお顔の柳次郎様なんて嫌ですわ」

「えっ、嫌いですか。それは弱った」

「でも、幾代様のお気持ちも分からぬわけではございませんし、困りましたわ」

「そうか、お有どのは太った柳次郎は嫌いですか。いや、あちらを立てればこちらが立たず、こちらを立てればあちらが立たず、弱ったぞ」

と他愛ないことに真剣に柳次郎が悩み、

「どうしたらいいものでしょうか」

と磐音を見た。

「品川さん、造作もないことです」

「えっ、造作もないことですか。ご飯を美味しく食べて顔がふっくらしない法がありますか」

「あります」

「教えてください」

柳次郎の声は真剣だった。

「毎朝では身も保《も》ちますまい。二日か三日に一度、尚武館の朝稽古においでください」

「えっ、尚武館の稽古にですか」

と絶句する柳次郎に、

「佐々木様、それはよい考えですわ。柳次郎様、武士の表芸はなんと申しましても武道です、精進してください。折角お近くに佐々木磐音様という当代の剣術の達人がおられるのです。明日の朝から是非ともお通いください」

「ふうっ」

と柳次郎が思い悩むような声を洩《も》らしたとき、三人は両国橋を渡り切り、両国西広小路の雑踏を避《よ》けながら今津屋の前に達していた。

「品川さん、それがし、今津屋どのにご挨拶して参ります」

「私はお有どのを堀向こうまで送って参りますので、本日はこれで」

との柳次郎の言葉に頷き返した磐音が、

「最前の話は無理にとは申しません。本所から神保小路まではだいぶありますからね」

「いえ、佐々木様は深川六間堀からお通いになりました。柳次郎様にできないはずはございません」

とお有が答え、別れの挨拶をした。

磐音は肩を並べて去り行く友の背を見ながら、

(あちらにも一組、かかあ天下の所帯が誕生しそうじゃぞ)

「佐々木様」

小僧の宮松《みやまつ》の声がして、振り向くと、老分《ろうぶん》番頭の由蔵《よしぞう》が宮松を従えて外出したのか、遠のく柳次郎とお有の後ろ姿をにこにこ笑って見ていた。

「品川様にもようやく春が訪れましたな」

「親孝行を天が見ておられたのです」

「いかにもいかにも」

と答えた由蔵が、

「今年になって銭相場の会所が神田松下町から四日市町に引っ越しましてな、その様子を見に参ったところです。佐々木様、どこぞに御用で」

「宮戸川までちと用がございました。そのついでに舅どののご機嫌伺いに参り、品川家へ挨拶がてら顔を出しますとお有どのがおられて、三人仲良う虫籠作りに精を出しておられました」

「なんと、微笑ましいことで」

由蔵が磐音に、

「会所の他にあれこれと用足しに参りましたら喉《のど》が渇きました。佐々木様、茶をお付き合いくださいませんか」

といつもの三和土《たたき》廊下を通って台所に誘《いざな》おうとして、

「いや、尚武館の若先生に台所では失礼ですな。店座敷へお通りください」

「老分どの、それがし、これまでどおりにお付き合いを願いとうございます。いつものように台所に参りましょう。そのほうが落ち着きます」

磐音と由蔵は店の敷居を跨《また》いだ。

黄昏《たそがれ》前の刻限、今津屋の広い店頭には客が溢れ、

「老分さん、お帰りなさい」

「お疲れさまでした」

と奉公人から声がかかった。

今津屋の店先は、西側に金子《きんす》借用や金銀相場に関《かか》わりの大口の客、東側に兌換《だかん》をなす小店《こだな》の手代や明日の商いの釣銭などを用意する棒手振《ぼてふ》りなどに振り分けられていた。ちょうどの刻限、棒手振りたちが店の前に天秤棒《てんびんぼう》と板台などを立てかけて騒がしい。

「卒爾《そつじ》ながらもの申す」

その声が今津屋の店先に響いたのは、由蔵が帳場格子《ごうし》の自らの席にちらりと視線をやり、磐音が三和土廊下から台所へ行く店と奥との境の格子戸を押し開いたときだ。

磐音が振り向くと、歳《とし》の頃、四十年配の武芸者が深編笠を小脇《こわき》に店に入ってきた。髭面《ひげづら》は陽に焼けていた。

土間にいた由蔵が、

「お武家様、どのような御用にございますか」

「主どのか」

「いえ、私は老分にございます。江戸で番頭と称する役目にございます」

「番頭どのか」

由蔵は上がりかまちに座布団を用意させ、武士を腰かけさせた。

磐音はなんとなく三和土廊下に入ったところで立ち止まり、様子を見ることにした。格別、不審を抱いたわけではないが、どこか切迫した様子が気になったからだ。

「それがし、金子の両替を願うておるが、何軒もの両替商に断られ、窮しておる。こちらでも兌換は受けてもらえぬか」

「お武家様、うちは軒に分銅《ふんどう》看板を掲げる両替屋にございます。まっとうな金銀貨幣ならば、兌銭一両につき、十五文で両替いたします」

「しかとさようか」

「うちは江戸両替商六百余軒の筆頭、両替屋行司《ぎょうじ》も務めるお店、看板に嘘《うそ》偽りはございません」

武芸者はほっとした表情で懐《ふところ》から汚れた袱紗《ふくさ》包みを摑《つか》み出し、丁寧《ていねい》に開いた。

すると二両の小判が見えた。

「二両を両替にございますね。ちと拝見させてもろうてようございますか」

武芸者の貌《かお》が不安に変わった。

袱紗包みごと受け取った由蔵が古びた小判を仔細《しさい》に検《あらた》め、

「人から人に渡るうちにかように傷ついたり量目が落ちたりし、小判の交換を断る両替商がおるとのこと、不届き千万にございます。お武家様がお持ちの小判はお上が天下通用金として認められたものに間違いございません。傷つき量目が減っているのはそれだけ働いた証拠《あかし》です」

「ほうほう」

と武芸者が嬉しそうに笑った。どことなく親しみが持てる顔だった。

「町奉行所でもうちでも、交換売買を拒むことはならぬとの通達を出しているのですが、お武家様、お気の毒にございましたな」

「やはりこちらでも交換できぬか」

武家はなぜか愕然と肩を落とした。

「お武家様、勘違いなされては困ります。うちは分銅看板を掲げる両替屋、その日の銭相場で両替いたします」

由蔵が様子を窺っていた振場役《ふりばやく》番頭の新三郎《しんざぶろう》を呼び、

「お武家様、あとはこの者が御用を承《うけたまわ》りますでな、ご安心くださいませ」

と武芸者に言った。

その様子を見届けた磐音は三和土廊下から内玄関の前を通り抜け、台所の土間へと入って行った。すると女衆《おんなし》が忙《せわ》しげに夕餉の仕度をしていた。

「おや、佐々木様」

とおこんの抜けた後も今津屋の台所を仕切るおつねが磐音に声をかけ、

「おこん様はお元気ですか」

「息災にござる」

「あとはやや子が生まれるという知らせを聞きたいものですよ、若先生」

「そればかりは天の定めるところ、授かりものじゃからな」

と答えた磐音が、

「こちらの夕餉は飛魚の焼き物にござるか」

女衆が裏庭にいくつも七輪を持ち出して、塩を振った飛魚を何十匹も大網で焼く豪快なさまに目をやった。

「佐々木様、お行儀が悪いとおこん様に叱られますよ」

と若い声がして磐音が振り向くと、由蔵のかたわらの板の間におはつが立っていた。

「おや、えらいところをおはつちゃんに見られたか」

にっこりと笑ったおはつの顔には余裕が窺えた。

おそめが今津屋を去った後、奥向きの女中見習いになったおはつだったが、最初は頼りなげな奉公であった。それがしっかりと引き締まった顔に変わっている。

「佐々木様、姉がつい先日御用に出た折りに江三郎《こうざぶろう》親方と一緒にお店に立ち寄ってくれました」

「おお、そのことを忘れておりましたよ」

と由蔵が言い、

「佐々木様、すっかり娘職人の顔付きに変わっておりましてな、私はおそめの真剣さに驚かされもし、感心もしました。江三郎親方は、いい娘を口利《くちき》きしてくれましたと、わざわざお礼に見えたんですよ。二人して奥に通り、旦那様とお内儀様に挨拶して、一太郎《いちたろう》様の顔を見ていかれました」

「親方がいい娘を口利きしてくれたと言われましたか。どうやら最初の難関は乗り越えたようですね」

「私もそう見ました」

と由蔵が大きく首肯《しゅこう》した。

おはつが早速二人のお茶の仕度にかかった。その挙動に自然な流れと動きがあった。

「宮戸川にはなんぞ格別な御用がございましたかな」

いつもの大黒柱の下の長火鉢の前に落ち着いたとき、由蔵が尋ねた。

磐音は依田鐘四郎から伝えられた言伝を説明した。

由蔵は、先の日光社参の折り、佐々木玲圓と当時坂崎磐音であった師弟二人が、西の丸徳川家基の日光密行に同道して身辺の警護にあたったことを承知していた。

「家基様は、いよいよ宮戸川の蒲焼を賞味なされようと決心なされましたか」

「それがしの祝言に鰻が供されたことを、どうやら速水左近《はやみさこん》様からお聞きになられたようで、矢も楯《たて》も堪《たま》らなくなったご様子にございます」

「それで桂川先生の御脈拝見の折りに持参させよと、謎《なぞ》をかけられましたか」

「鉄五郎親方は、精が多い鰻ゆえ西の丸様がご不快になられてもならぬし、どうしたものかと思案しておられた。ために、西の丸様は心身ともに壮健なお方ゆえ変な気遣いは無用、いつもの蒲焼を調理してほしい。それがしが桂川さんのもとへ届けると願うてきました」

由蔵が得心して頷いた。

おはつが茶を運んできた。

一口喫した由蔵が、

「おうおう、湯の加減といい、茶葉の量といい、上手に茶が淹れられるようになりましたな」

とおはつを褒めた。

「お内儀様に繰り返し茶の点《た》て方を習いまして、ようやくここまでできるようになりました」

「大事なことですぞ」

と褒められたおはつが嬉しそうに奥へ姿を消した。

「最前の浪々の武芸者、なかなかの腕前と推察しました」

「剣術の技量は私には分かりかねますが、お人柄はなかなか宜しき人物かと思いました。ご風体《ふうてい》ゆえつい警戒されて両替を断られたのでございましょう。なにゆえなけなしの二両に手を付けられるのか分かりませんが、江戸は諸式が高騰しておりますでな、旅のお方にはご苦労なことでございましょう」

磐音はしばらく由蔵と四方山話を続けた後、奥に通り、一太郎の成長具合を確かめて今津屋を辞去した。

磐音が柳原土手《やなぎわらどて》に差しかかった折り、今津屋を訪れ両替を願った武芸者の姿を再び見かけた。足元には笊《ざる》が置かれ、板きれに、

「客人各位、殴り賃一打十文、何打でも可なり
但し十打試みても当たらぬ場合、五十文申し受け候
殴られ屋向田源兵衛《むこうだげんべ》《え》高利《たかとし》」

と書かれてあって、向田は古びた竹刀《しない》を二本持ち、古着の露天商が店を連ねる柳原土手に無言で睥睨《へいげい》するように立っていた。そして、何人か、仕事帰りの職人が向田の前に立ち、

「なんて書いてあるんだ」

「おれは江戸っ子だぜ。字を読むような恥ずかしい真似《まね》ができるかえ」

と言い合うところに古着屋の手代が、

「職人さんよ、あの髭の侍を好き放題殴っていいんだとさ。その代わり一打十文払うんだよ」

「おれがか」

「そりゃ、そうだ。お侍を殴ってよ、日頃の憂さが晴れるんだ。安いもんじゃね

えか」

「侍がいきなり殴り返すってことはねえのか」

「避けるだけだ。おまえさんが十回殴ってかすりもしなければ、五十文の支払いだ」

「殴られて十文、十回避けて五十文か。どっちにしたって侍の儲《もう》けだ。それにしても殴られ屋なんて、奇妙な商売を考えたもんだ」

「そりゃ、おまえさん、食うに困ったからよ。助けてやんな、江戸っ子」

と古着屋に唆《けしか》けられて道具箱を肩から下ろした職人が、

「侍、竹刀を貸しねえ」

無言の向田が竹刀を二つ差し出した。どちらでも好きなほうを選べということだろう。

職人が長いほうを選び、力任せに二度三度素振《すぶ》りをした。

「よし、いくぜ」

向田源兵衛の前、半間のところに立った職人が、いきなり片手殴りに向田の脳天めがけて振り下ろした。

向田はわずかに上体を捻《ひね》り、

ひょい
と躱《かわ》すと、体の横を流れる相手の竹刀を自分の竹刀で軽く弾《はじ》いて避けた。

「わあっ！」

と歓声が上がり、それに釣られて大勢の野次馬が集まってきた。

「多吉《たきち》、あと九回あるぜ」

仲間に挑発された多吉は、

「本気になった」

と大勢の見物の視線を意識して今一度素振りを繰り返すと、

「侍、今度は本気の本気だぜ。武士の面体を殴ったなんて怒るんじゃねえぜ」

と嘯《うそぶ》き、今度は竹刀を両手で持って、見よう見真似の正眼《せいがん》に構えて足を前後に踏み替えていたが、

「おりゃ！」

と叫ぶと、踏み込みざまに肩口に落とした。すると再びひょいと躱され、それを見込んでいた多吉がさらに二打三打とむやみやたら竹刀を振り回した。だが、一度として当たらない。

「多吉、五回やって一回も掠りもしないぜ。あと五回で仕留めろ」

「あと五回、あと五回！」

という声援とも揶揄《やゆ》ともつかぬ声が上がり、すでに腰をひょろつかせていた多吉が、

「そりゃこりゃそりゃ」

と残りの打撃を試みたが、一度として向田の体どころか古びた袷《あわせ》の袖《そで》にすら掠らなかった。

どたり
と腰を地面に落とした多吉の前に向田が、
にゅうっ
と手を差し出した。

「くそっ、今夜の飲み代持ってけ、泥棒！」

と言いながら多吉は懐の巾着《きんちゃく》から五十文を取り出して笊に入れた。

「よし、おれが」

と見物の中から二人の威勢のいい男衆《おとこし》が竹刀を握ったが、向田源兵衛の体にそよりとも触れることができなかった。

四

神田川に架かる新シ橋を渡り、若侍の一団が賑やかにやってきた。様子からみて川向こうの町道場からの稽古帰りか、そんな様子が窺えた。直参旗本の次男坊か三男坊であろう、部屋住みの気楽さと諦《あきら》めにも似た表情を漂わせていた。

「なんだ、この人込みは」

と長身の若侍が人込み越しに見て、

「おい、殴られ屋向田源兵衛高利じゃと。一打十文、十打試みても体に掠りもせぬ場合は五十文を申し受けると書いてあるぞ」

「見物じゃな、寛吾《かんご》」

「いや、なかなかとぼけた髭面だぞ」

「たれか試みるか」

「やめておけ。十文など子供の遊びじゃ」

「いや、掛け合うてみる」

寛吾と呼ばれた若侍が人込みを掻《か》き分けて向田の前に出た。

「殴られようと避けようと、そなたが銭を稼ぐことには変わりない。客の竹刀が見事当たった場合、そなたが支払うのは当然ではないか。それでこそ尋常の勝負というものだ」

向田がじろりと寛吾を見た。

「お望みか」

向田源兵衛が初めて口を利《き》いた。

「受け入れるとあらばそれがしが立ち合おう。但しじゃ、一打十文は安い。一打一分ではどうか。それがしが四打連続いたさば一両の支払いということになる」

「そなた、一分の持ち合わせがござるのか」

向田は一打勝負を考えていた。

寛吾のほうはすでに懐に手を突っ込んでいた。

「猪瀬《いのせ》寛吾、次男坊とは申せ、懐に一分や二分の金子はあるわ」

それを見た向田源兵衛が懐から一分金を一枚出して笊の外に置いた。

「よし」

猪瀬寛吾も一分を出してそのかたわらに置き、羽織を脱いで仲間に渡した。

「そのほうの流儀はなんだ」

寛吾の問いにしばし沈思した向田が、

「間宮一刀流《まみやいっとう》」

と答えた。

向田はこのような大道芸まがいの商いのために、なけなしの二両を今津屋で兌換したのか。

「若先生」

と磐音の背から声がかかった。振り向くと船宿川清の船頭小吉《こきち》だ。

「小吉どのか。おこんの速水家養女入りの折りは造作をかけ申した」

小吉は今津屋が仕立てた屋根船におこんを乗せて、深川六間堀から神田川昌平橋まで櫓《ろ》を漕《こ》いで送ってくれたのだ。それは町人のおこんが磐音の、武家の妻女になる最初の一歩であった。

「おこんさんが西広小路界隈からいなくなって寂しゅうございますぜ」

頷いた磐音は人込みの中の対決に視線を戻した。

ちょうど向田源兵衛と猪瀬寛吾が竹刀を構え合ったところだ。

「無駄なこってすぜ」

「小吉どのにも勝敗の行方は察しがついたか」

「あの浪人の面魂《つらだましい》を見てご覧なさいな。人の一人や二人斬《き》り殺した顔ですぜ。それに比べてひよっこ侍のふわふわした腰の具合など、見ちゃいられねえや」

と応じた小吉が、

「いけねえ、若先生に能書きたれちまったよ。許してくだせえ」

と謝ったとき、寛吾が踏み込みざまに八双《はっそう》から向田の面に打ち込んだ。だが、向田はその場を動こうともせず、
ひょい
と顔の動きだけで躱し、竹刀を弾いた。すると猪瀬の長身がよろよろと横手によろけた。

「寛吾、しっかりせぬか」

「わが道場の名折れだぞ」

と仲間に叱咤《しった》された寛吾が、

「よし、本気を出す」

と再び向田の前に出て今度は正眼に構え直した。

「油断をいたした。こたびは手加減せぬ」

向田は春風駘蕩《しゅんぷうたいとう》とし、正眼の構えのままなにも答えない。

寛吾は前後に体を動かして間合いを計っていたが、

「面！」

と気合いを発して飛び込んでいった。今度の踏み込みは最前より迅速だったが、向田は避けようともせず、竹刀で払うと、踏み込んできた寛吾の肩口に自らの竹刀を止めた。すると寛吾がくたくたと膝《ひざ》から地面に頽《くずお》れた。

一瞬の早技だ。

「おおっ」

というどよめきが起こった。

黙って笊の前の二分を掴む向田に、

「待て！　寛吾の仇《かたき》を討つ」

と仲間たちが急に色めき立った。

「やめておかれよ」

向田の言葉はにべもない。

「逃げるか」

「逃げはせぬ。結果は見えておる」

「ぬかしおったな。天《てん》流市原《いちはら》道場の意地がある。立ち合え」

と仲間の一人がわざわざ道場の名まで持ち出し、剣の柄《つか》を叩いて向田を威嚇《いかく》した。佐久間町にある天流市原道場の道場主は五代目市原晃右衛門《こうえもん》といい、初老の人物だ。

「雛侍、やめておけ」

向田は西に沈む陽を見て、笊に手をかけた。商売を終える様子だ。

一人が抜刀し、刃が西陽にきらりと光った。

うむっ
と向田の顔の表情が変わり、動きかけた。

その瞬間、長閑《のどか》な声が柳原土手に響いた。

「およしなされ。御城近くで刀を振り回してはなりませぬ」

磐音の声に、抜刀した侍が、

「邪魔をいたすでない。朋輩《ほうばい》の仇を討つだけじゃ」

向田は平然と立っている。

「市原先生の名にも関わります。差し出がましいことは重々承知ながら、仲裁は時の氏神とも申します」

「煩《うるさ》い。つべこべぬかすとそのほうから叩っ斬るぞ」

「これは勇ましい」

磐音が笑い、かたわらの小吉が、

「頭を冷やしねえな、おまえ様方。声をかけられたお方をだれと思うていなさる。神保小路は直心影流尚武館佐々木道場の若先生だぜ」

と言うと、剣を抜いた若侍が、

「うっ」

と詰まり、逸《はや》り立つ闘争心が一気に萎み、顔面が蒼白《そうはく》に変わった。

「やめねえやめねえ。髭侍に加えて佐々木道場の若先生の登場じゃ、おまえさん方、ひよっこ侍ではまるで相手になるめえ。格が違わあ」

と野次馬が小吉に同調し、

「ささっ、刀を納めてお行きなせえ」

との小吉のとりなしに、若侍らはぺこりと頭を下げて猪瀬寛吾を囲むや、

さあっ

と消えた。

その場に残った向田源兵衛が、

「佐々木どの、造作をかけ申した」

と小脇に笊を、もう一方の手に板切れと竹刀を抱えて頭を下げた。

「向田どの、見事な技芸、感服いたしました」

「天下の佐々木若先生に感心されるような技ではござらぬ。大道芸にござる」

磐音は向田の言葉に頷くと、

「向田どの、尚武館道場は筋違橋《すじかいばし》御門を西に上がった神保小路にござれば、お暇の折り稽古に参られませぬか」

「なんと、面識なきそれがしのような浪々の者を道場にお招きあるか」

「われら、剣の道を志す者にござる。なんの障りがございましょうや」

と答えた磐音が向田に歩み寄ると、

「また、われら初対面ではございませぬ」

「佐々木どのとそれがし、どこぞで会うたかの」

と首を傾《かし》げる向田に、

「つい最前、両替商今津屋にてお見かけいたしました」

「なにっ、今津屋とな。あの姿を見られておりましたか」

と向田が恥じらいを見せた。

「それがし、今津屋どのとは懇意の仲にございます。ともあれお待ち申しておりますぞ」

磐音はなにか曰《いわ》くのありそうな向田源兵衛を尚武館に誘った。

磐音が尚武館道場に戻ったとき、おこんが白山号に餌《えさ》をやっていた。かたわらでは老門番の季助《きすけ》がその様子を眺めていた。

「お帰りなさいませ」

門下の夕闇《ゆうやみ》から立ち上がったおこんの顔が白く浮かんだ。

「あちらこちらと立ち寄ったゆえ、この刻限になった」

「深川まで行かれたのです。致し方ございません」

「舅どのは変わらず息災であった。神保小路にお誘いしたが、川向こうはどうの、武家屋敷は性に合わぬと申されて、快い返事はいただけなかった」

「元気ならばそれでようございます」

とおこんが強がりで応じ、

「そなたを伴うのであったと悔やんだところじゃ」

と磐音が返し、さらに品川家に立ち寄った話などをした。

「あら、お有様がおいでになっていたのですか」

と一頻《ひとしき》りその話になった。するとおこんがふいに思い出したように、

「桂川先生からお使いが見えて、明日、登城前に道場に立ち寄りたいが若先生はおられようか、という問い合わせにございました」

「桂川さんがな」

と磐音は思案し、

「おこん、夕餉は養父上、養母上と三人で摂《と》ってくれぬか。それがし、この足で桂川さんのお屋敷を訪ねてみようと思う」

「これからにございますか」

と訝《いぶか》しげにおこんは訊いたが、それ以上は問わなかった。

「おこん、そなた一人の胸に仕舞うてくれぬか。未だ養父上にも話しておらぬでな」

「なんでございましょう」

「西の丸様からご注文があったのじゃ。桂川さんが西の丸にお脈拝見に参られる二日後、宮戸川の鰻を持参せよとのお言伝が師範を通してあった。おそらく桂川さんの明日のお立ち寄りはその一件であろう」

「それで急に宮戸川を訪ねるなどと、お出かけになられたのですね」

「鉄五郎親方と話したが、蒲焼は精が強く脂もこってりしておるゆえ西の丸様のお体に障らぬかと案じられてな、脂を抜く手を格別に考えぬといかぬかと思案されておった。それゆえ、そのことは心配には及ばぬ、西の丸様は至って心身健やかに成長なされた若君と申してきたところじゃ。桂川さんからなんぞ注文があるやもしれぬ。事と次第によっては、今一度宮戸川を訪ねることになるやもしれぬ」

「ご苦労にございます」

おこんは磐音が大事を明かしてくれたことに安心したか、短くも力強く答えた。

「白山、よいな。しっかりと留守をするのじゃぞ」

と言い残すと再び門前から踵を返し、神保小路から桂川国瑞《くにあきら》の屋敷のある駒井《こまい》小路《こうじ》へと向かった。

神保小路と駒井小路はともに御城の北側にあって、尚武館と桂川邸はせいぜい八丁ほどの距離だ。

桂川邸に到着したのは六つ半（午後七時）前のことだった。将軍家の御典医にして蘭方医《らんぽうい》の桂川三代が住まいする屋敷の門はまだ開け放たれ、玄関口に提灯《ちょうちん》が点《とも》されていた。

門番が磐音の姿に気付き、

「おや、佐々木様」

　と呼びかけた。

「この刻限まで患者を診《み》ておられますか」

「いえ、いつもは一刻《いっとき》（二時間）以上も前に門を閉じるのですが、本日は急な病人がございまして、ご隠居の国華《くにてる》様と当代の国訓《くにのり》様が診察に当たられているところに若先生がお戻りになり、三人がかりの大手術になりました。それが最前終わり、付き添いの身内も安心して家に戻ったところにございます」

「それはご苦労でしたな」

　桂川家は御典医の家柄ながら、屋敷では気軽に近隣の病人の治療に当たっていた。それも武家町人の区別なく、診療代はある者からは戴《いただ》き、懐が寂しい患者からは一文も貰《もら》わなかった。そこで診察代に窮した患者は家で採れた大根や青菜、時に蜆《しじみ》や浅蜊《あさり》などを持参するという。

「ご多忙の折り、恐縮じゃが、国瑞先生にお取り次ぎ願いたい」

「畏まりました」

門番が玄関番の見習い医師に磐音の来訪を伝えると、初々しい嫁様の桜子《さくらこ》が姿

を見せて、

「噂《うわさ》をしていたところにございます」

と呼びかけた。

「お寛ぎのところ、真《まこと》に恐縮ですが、桂川さんが尚武館に使いを寄越されたと聞いて駆け付けました」

「恐縮なんて仰《おっしゃ》らずに、ささっ、お上がりくださいませ」

すっかり桂川家の家風に馴染んだ様子の桜子が、磐音を薬の匂いが漂う玄関から広い拝領屋敷の奥へと案内していった。

三代が同居する桂川家では、三組の主夫婦がそれぞれの座敷で夕餉を摂る習慣のようで、庭に面した座敷に若夫婦二人だけの膳部が用意されていた。

「夕餉の刻限に申し訳ございませぬ。それがし、控えの間で待たせていただきます」

「佐々木さん、うちも大所帯でしてね、一人ふたり急に増えるのは慣れております。今、膳を用意させますので、私どもとご一緒ください。桜子も、佐々木さんならば大喜びですからね」

と国瑞が笑いかけ、

「話だけでお帰りになるのでしたら、桂川家への出入り禁止です。今、膳とご酒を用意させます」

と言い残し、桜子が若夫婦の座敷から急いで台所へと消えた。

磐音は二人だけになったのを幸いに早速用件に入った。

「桂川さん、お使いを立てられたのは西の丸様の一件ですね」

「いかにもさようです」

「西の丸様直々に依田鐘四郎どのに命じられたとか。師範は驚いて口も利けなかったと申しておりました」

「依田さんは朴訥《ぼくとつ》なお人柄ゆえ、その姿が目に浮かぶようです」

「桂川さん、それがし、宮戸川に参り、親方だけにはすでに耳に入れてあります」

「さすがは佐々木さんですね。おやりになることが手早い」

「蒲焼などは、客が食するのと同じ調理方法でようございましょうな」

鉄五郎親方の危惧《きぐ》を国瑞に伝えた。すると国瑞が、

「深川鰻処宮戸川の、名物の鰻そのままで結構です」

と磐音が親方に伝えたと同じ返事をした。

「それがし、明後日、宮戸川に参り、こちらまでお届けに上がればようございますか」

「それが、いささか注文があります」

と国瑞が磐音の耳元で密《ひそ》やかに囁《ささや》いた。

「なんと」

と驚く磐音をよそに、国瑞の内談は桜子が新しい膳部を運んでくるまで続き、そのことは桜子の前では一切触れられることはなかった。

膳には若鮎《わかあゆ》の塩焼きや長崎名物の東坡煮《とうばに》などの馳走《ちそう》が並び、桜子の酌で三合ばかりの酒を飲んで談笑して、五つ半（午後九時）の刻限に辞去の挨拶をした。

「桂川さんと桜子様と談笑する機会など初めてのこと。おこんが聞いたら羨ましがろうかと思います」

「この次はおこん様をお連れください」

「桜子様も尚武館においでになりませぬか」

「お招きをお待ちしております。必ず参ります。宜しゅうございましょう、国瑞様」

「近々お伺いいたそうかな」

「お約束ですよ、国瑞様」

と若夫婦が微笑み合う座敷を辞去した。

初夏のこと、気候もよし、月明かりが武家地を照らし出して、提灯の灯《あか》りも要《い》らぬくらいだ。

磐音は長い一日を思い出しながら再び尚武館への家路を辿《たど》った。

その瞬間、尾行者に気付いた。

桂川家を訪ねる往路は感じなかった気配だ。だれかが桂川家を見張っていて、夜分に出てきた磐音に張り付いたか。

尾行者は単独ではなく複数だ。それが巧妙にも磐音を囲んでひたひたと尾行してきた。

磐音は素知らぬ体で、尚武館に向かわず武家地を南へ、雉子《きじ》橋の方角へと誘導した。

尾行者が動いたのは丹波《たんば》園部《そのべ》藩小出《こいで》家の上屋敷と、御側衆《おそばしゅう》の本郷丹後守《ほんごうたんごのかみ》七千石の屋敷との間の小路だ。武家地だけにすでに人通りはない。

(市原道場の面々か)

と一瞬考えないでもなかったが、

ふわっ
という感じで四方から間合いを詰めてくる殺気に、数多《あまた》の修羅場《しゆらば》を潜《くぐ》った手練《てだ》れの包囲網、雛侍の遊びとは違うと判断した。

磐音は相変わらず素知らぬ体で歩を進めた。

直後、背後から抜き打ちが襲い来た。

磐音は背を丸めて前方へと走り抜け、間合いを外した。すると行く手を塞《ふさ》いでいた影が磐音の前に左右から迫り、白刃が月光に鈍く光った。

鋭い太刀風《たちかぜ》だ。

磐音は二つの刃《やいば》の真ん中に飛び込むと、包平《かねひら》二尺七寸（八十二センチ）を左右に抜き打った。相手の攻撃より一瞬早く胴を浅く抜いた磐音の攻撃に、突進してきた二人がつんのめるように転がった。

磐音は数間走り続け、
くるり
と身を反転させた。

覆面をした三つの影と転がった二つの体に向かって静かに告げた。

「傷は浅うござる。桂川先生の手を煩《わずら》わせることもあるまい」

磐音の言葉を聞いた三人は、浅手を負った二人を助けてその場から無言裡《り》に立ち去った。

第二章　鰻の出前

一

磐音はいつものように独りで朝稽古に入った。

初夏とはいえ暁闇《ぎょうあん》の刻限だ。広い道場を茫漠《ぼうばく》とした暗がりが支配していた。

磐音は包平《かねひら》を稽古着の腰に差し落とし、神前に一礼すると、直心影流兵法目録の八相《はっそう》の構えをとった。

直心影流の目録伝書が確立したのは江戸も中期以降のことだ。安永《あんえい》期（一七七二〜八一）、目録とは、「中伝」を意味した。だが、中伝とはいえ、これを授かった者は、

「直心影流の理業の修行叶いしゆえの允許《いんきょ》」

と考えられ、流儀のおよその術と業を得たと解された。

磐音は明和《めいわ》九年（一七七二）、江戸を去るにあたり、今は亡き小林琴平《こばやしきんぺい》とともに目録を得ていた。

この朝、磐音は初心に返ろうと、目録次第を八相から一刀両断、右転左転、長短一味と順を追って丹念に遣い、いささかでも動きが鈍く感じたときにはその技を繰り返した。

最後に円連を二度繰り返したとき、尚武館の床に格子窓から朝の光が射し込んできた。

「お早うございます」

と住み込みの重富利次郎らが道場に姿を見せた。すでに雑巾や水桶《みずおけ》を手にしていた。

「われら、若先生の独り稽古の邪魔にならぬよう外廊下で待機しておりました」

利次郎が言った。

その口調からは何かをふっ切った様子があった。松平辰平が、肥後熊本藩横田傳兵衛道場で折紙を受けたという書状の衝撃から立ち直っているようにも思えた。

「利次郎どの、そのような気遣いは無用にいたせ」

「はっ。いえ、戸の隙間《すきま》から若先生の動きを拝見していたのです」

「なんぞ気付いたか」

「はい。若先生の動きを見ていて、若先生は若先生、辰平は辰平、私は私と割り切りました。焦ったところで私の技が上達するわけでもございません。若先生が技を順になぞっておられるのを拝見し、そう考えました」

「それでよい。利次郎どの、そなた自身気付いておらぬやもしれぬが、近頃一段と上達した。体を苛《いじ》めて稽古したことが導いた進歩じゃ。稽古は嘘をつかぬでな」

「はい」

「あとで稽古をいたそうか」

「お願いいたします」

と大きな声で利次郎が答え、拭き掃除の列に加わった。

四半刻（三十分）後、利次郎は拭き掃除が終わるやいなや磐音の元へ飛んできた。

「おお、早いな」

「約束にございます」

磐音は頷くと、竹刀を構えて利次郎と打ち込み稽古に入った。

むろん磐音が打太刀《うちだち》、利次郎が仕太刀《しだち》である。

技の先導を務める打太刀がまず仕掛け、仕太刀に反撃の機を与えるのだ。

「攻めてから守り仕掛けてから受ける」

これが直心影流の法定《ほうじよう》四本之形の執行の打太刀の役目である。

今朝の利次郎は磐音の誘いに即座に果敢な攻めを見せたが、これまでのような我武者羅《がむしやら》さが消えて、磐音の先後がさらに変幻する先の手を考えて動いていた。

それだけに攻め総体に余裕が見えた。

磐音が利次郎の真っ向からの攻めを払うと、さらに波状的に攻めが連動してきてなかなか隙がない。

仕太刀の利次郎は、磐音の誘いと仕掛けの意を理解して、守りを攻めに転ずる素早さを身に付けていた。

（よいよい）

と内心思いながら、磐音は上位の者が下位の者を指導する役目を四半刻ほど続け、ふいに打太刀の、

「誘いと仕掛け」

を捨てた。

同格での打ち込み稽古に転じさせたのだ。

だが、利次郎の心身は即座に反応し、磐音の攻めを必死に払い、さらに技に転ずる機を探る様子を見せた。むろん磐音と利次郎では技術や経験や気持ちの余裕において天地ほどの開きがあった。すぐに利次郎の体の動きの均衡が崩れて息が乱れてきた。

すいっ

とその瞬間、磐音は竹刀を引いた。

利次郎もすぐに竹刀を収めた。

磐音がにっこりと笑いかけ、

「利次郎どの、これでよいのだ」

「はい」

紅潮した顔が綻《ほころ》び、必死に返事をした。

「直心影流の兵法目録に、『十悪非《じゅうあくあらず》とも』とあるを覚えておろう」

「はい」

「十悪とは我慢、過信、貪欲《どんよく》、怒り、恐れ、危ぶみ、疑い、迷い、侮り、慢心をいう。松平辰平が廻国修行に出たと聞いたそなたには迷いが生じたように思う。迷いは妄念とも称される。迷いとは二つの考えが心の中《うち》で鬩《せめ》ぎ合い、対立する動きである。辰平の修行を認めようとする心と辰平に負けてなるものかという気持ちが相争い、そなたから余裕を奪っていた。直心影流初伝に『一个《いっこ》の私念が萌《きざ》さば則《すなわ》ち自ら滅亡を取る事必せり』と戒めておられる。剣を志す者、常に平常心を保つよう努力し、断じて邪心、妄念を生じさせてはならぬのだ」

「はい」

利次郎が必死に頷く。

「稽古に入る前に、そなたはそれがしに今の気持ちを披露《ひろう》したな。辰平には辰平の行く道あり、そなたにはそなたの進むべき道がある。だが、その辿り着く頂きは同じところだ。道中の早い遅いを迷うたところでなんの意味があろう」

「若先生、いかにもさようでした」

利次郎が莞爾《かんじ》と笑った。

「よかろう」

利次郎が磐音の前を去り、磐音の前に新たな門弟が立った。そのようにして尚武館の朝稽古は続いていく。
いつの間にか初夏の光が広々とした道場一面に射し込み、磐音はふと床の隅に静かに座す向田源兵衛の姿を認めた。
「おお、参られましたか」
磐音が歩み寄ると、向田が引き付けるだけ引き付けておいて、持参したかたわらの竹刀を目にも留まらぬ早さで手にし、磐音の足元を電撃の勢いで、
さっ
と薙《な》いだ。
無慾の向田が気配もなく放った一撃だ。
朝の空気を斬り裂いて襲い来た。
磐音は考えもせずに、
ひょい
と避けた。すると向田源兵衛がふわりと立ち上がり、さらに二撃、三撃と打ち込みを続けた。
磐音は自然な流れで受け身に回り、後退しつつ向田源兵衛の技を避《よ》け、弾き返し、道場の中央に誘い込んだ。

そのとき、二人の剣客は正眼に構え合い、一瞬、目で挨拶を交わし合うと同時に互いが踏み込んだ。

その予期せぬ立ち合いに、尚武館で稽古する二百余人の門弟が稽古をやめて二人の対決に見入った。

それほど緊張を孕《はら》んだ立ち合いだった。

だが、二人の剣客が醸し出す雰囲気は対照的で、片方の向田源兵衛は、

「火」

そして佐々木磐音は、

「水」

あるいは、訪問者は、

「動」

そして、迎える者は、

「静」

を具現して多彩な技で打ち込み、守り合った。

その勝負がふいに終わった。

向田源兵衛がすいっと身を引き、磐音も後退して間合いを取った。

「さすがは江都一と評判の尚武館佐々木道場の後継にございますな、身共の技など児戯に等しい」

と言うと、向田の、
からから
と笑う声が広い道場に響き渡り、なんとも愉快そうだった。

「向田源兵衛様、それがしも向田様の変幻自在の技に感服いたしました」

「若先生、お言葉に甘えて伺いましたが、迷惑ではござらぬか」

「なんのなんの、養父《ちち》に紹介いたします。こちらにおいでくだされ」

磐音は、見所下《けんぞ》で二人の立ち合いを見ていた玲圓のもとに向田を案内していった。そのかたわらには剣友の速水左近がいて、見所にも何人か江戸の武術家たちが座していた。いずれも名のある剣の遣い手ばかりだ。

「養父上、向田源兵衛高利様にございます」

磐音は向田を柳原土手で見かけた経緯《いきさつ》を手短に語り、引き合わせた。

「佐々木玲圓にござる。向田どの、久しぶりにこれぞ稽古と思わせる立ち合いを見せてもろうた」

玲圓の正直な言葉に、向田源兵衛の髭面に邪気のない笑みが浮かんだ。

「磐音、よきお方と知り合うたな」

「お誘いしてようございました」

玲圓と磐音が言い合い、速水がかたわらから、

「向田どのと申されるか。流儀をお尋ねしてよいか」

と尋ねた。玲圓が、

「向田どの、それがしの剣友にて御側御用取次《おそばごようとりつぎ》の速水左近様にござる」

と向田に将軍御側衆を紹介した。

「間宮一刀流および古武道の奥山《おくやま》流を汲《く》む技芸を習いましたが、それも最初の十年、あとは独創の我儘《わがまま》勝手流にござる」

「ほう、間宮一刀流、奥山流から我儘勝手流と申されるか。面白い御仁かな」

柳原土手では間宮一刀流とだけ答えた向田だが、奥山流も学んだようだ。

上泉秀綱《かみいずみひでつな》が創始した新陰《しんかげ》流に与《くみ》する剣人に奥山休賀齋《きゅうがさい》、あるいは急賀齋とも称される人物がいた。本名は奥平《おくだいら》氏、名は定国《さだくに》、通称は孫次郎《まごじろう》という。後に徳川家康から公の字をもらい、公重《きみしげ》と改名した。

慶長《けいちょう》七年（一六〇二）に七十七歳の長寿を保って亡くなった剣客で、『急賀齋由緒書』に、流名を奥山流としたとある。

「なんと、奥山休賀齋様の脈流がこの世に伝わっておりましたか。となれば、われらの直心影流とも古《いにしえ》を辿れば同根同門ではござらぬか」

と速水が首肯した。

「速水様、奥山流はわが流派の同根にございますか」

磐音の問いに速水も玲圓も頷いた。

「向田様、江戸に滞在なさる間は尚武館をわが道場と考えられ、剣友格で稽古にお通いになりませぬか。門弟衆も向田様の指導を歓迎いたしましょう」

「剣友など、それがしには勿体《もったい》ない。そのような勝手が許されますか」

向田源兵衛が髭面に笑みを浮かべた。

磐音は向田の懐具合を考え、剣友の資格を与えたのだ。剣友ならば、門弟を指導する代わりに稽古代を支払う要がないからだ。

その日から向田源兵衛は古い門弟の一員と同じ、剣友の処遇を受け、利次郎らに稽古を付けた。そして、稽古が終わった後、磐音が、

「向田様、速水様方は朝稽古の後、養父の座敷で朝粥《あさがゆ》を食する習わしですが、如何《いかが》ですか」

「朝粥とは嬉しい限りですが、お歴々と膳を共にするのはどうも」

「ならば住み込みの門弟らと、台所で共に食されますか。こちらは若いだけに丼《どんぶり》飯をもりもりと掻き込みまして、遠慮は要りませぬ」

「それがし、台所がよい」

　と向田が言うので利次郎らに任せた。

　住み込み門弟らが食する前に、奥座敷では玲圓や速水らがおこんの給仕で朝粥を食し、おえいが茶を淹れ替える頃合い、向田源兵衛の人懐《ひとなつ》こい気性となかなかの腕前に話の華が咲いた。そこへ磐音が加わり、

「おもしろき人物と知り合うたのう」

　と玲圓が磐音に声をかけた。

　磐音は、最初に今津屋で二両の両替を願った様子から、さらに柳原土手での商いを速水らに仔細に告げた。

「なんとあやつ、武芸者でありながら、大道で殴られ屋などを商いにしておったか」

　と唾棄《だき》するように言ったのは、玲圓とは古い剣仲間で兄弟子にあたり、ただ今は高崎城下で町道場を開く久佐薙一円《くさなぎいちえん》だ。五年ぶりに江戸に公事《くじ》で出てきたとかで、数日前から尚武館に顔を見せていた。

「久佐蕥様、殴られ屋の商いは昨日が初日と思えます。そのために、今津屋で二両を小粒や銭に両替されたと思えます。釣銭を用意しての殴られ屋開業とは、なんとも律儀《りちぎ》ではございませぬか」

「若先生、甘い甘い。武芸者が剣技を売り物にするとはなんたる堕落かな」

「久佐蕥様、それがし、なんとのう向田様には大望があって、人の集まる柳原土手で殴られ屋を開業されているのではないかと愚考いたしております」

「大望とはなんですかな、若先生」

久佐蕥が皮肉な顔付きで訊いた。

「はて、それは未だ分かりませぬ」

「金に窮しての生業《なりわい》ではないのか。のう、玲圓どの」

と久佐蕥が玲圓に相槌《あいづち》を求めた。

「はて、なんとも申せませぬな」

「よいか。玲圓どの、若先生。そなたら、剣術に長《た》けてはおろうが、人を見る目ができておらぬ。かような世の中にござるぞ、金に窮した者はいかような手を使うてでもこちらの内懐《うちふところ》にぐいぐいと入り込んでくる。われら、街道筋の城下町にあるゆえ、あの手の輩《やから》がごろごろと姿を見せる。それにいちいち憐憫《れんびん》や同情を示していては、尻のけばまでむしられますぞ」

玲圓も、久佐薙の仮借ない言い方に苦笑いを浮かべるしかない。同座していたおえいも苦笑して久佐薙の苦言を聞いていた。そこへ継裃《つぎかみしも》姿の鐘四郎が姿を見せた。これから出仕か。

「向田源兵衛様は浅蜊の味噌汁《みそしる》が美味いと丼で三杯お代わりなされ、嬉しそうに帰っていかれました」

「ほれ、見られよ。あやつ、ただ飯を食いに来た手合いにすぎぬわ」

と決め付けると、

「おお、つい長居いたした。それがし、これにて失礼いたす。本日は公事の山場でな、なんとしても決着をつけねばならぬのじゃ」

と言い残して久佐薙一円は慌ただしくその場から姿を消した。

「なんだか、野分《のわき》が吹き抜けた後のようでございますな」

と鐘四郎が呆然《ぼうぜん》と呟き、

「久佐薙どのは昔から他人に手厳しい御仁でな、聞き辛《づら》いところはお許しくだされ」

と兄弟子を庇《かば》うように一座に言い訳した。

「師範、なんぞ御用でしたか」

と磐音が訊くと、ほっとした様子の鐘四郎が、

「ちと内談が」

と言った。

「ならば離れに参りますか」

「いえ、道場で構いませぬ」

ならば、と一座に挨拶した磐音と鐘四郎が玲圓の座敷から廊下に出た。

「玲圓どの、久佐蕥氏の言葉はさておき、当家では真《まこと》に相応《ふさわ》しい婿《むこ》と嫁を貰われましたな。なんとも慶賀に堪えませぬ」

と同座していた一人の声が廊下まで洩れてきた。

鐘四郎の内談とは、果たして西の丸様の一件であった。

「昨日、屋敷に戻りますと、家基様御年寄衆からの文がそれがしを待ち受けておりましてな、あちらの一件は大丈夫かという念押しにございました。若先生のことゆえ周到に用意はなされていると思いますが、かようにお尋ねした次第です」

「師範を苦境に陥れるようなことは、万が一にもいたしません。すでに桂川さんとも話し合いが済んでおります」

「ああ、ようございました。いやはや、それだけ家基様は楽しみにしておられるのです」

「師範、本日、出仕にございますか」

「出仕の日ではないが、文の返事を御年寄衆に伝えに登城いたします」

「ご苦労にございます」

鐘四郎を見送った磐音は、ようやくおこんの待つ離れへと朝餉《あさげ》のために戻った。するとおこんが、

「お腹《なか》がお空《す》きでしょう」

と台所で温めていた浅蜊の味噌汁をよそうために立った。

若い夫婦がその日一度目の箸《はし》を取ったのは、四つ半（午前十一時）過ぎのことだった。

「おこん、慣れたかな、男所帯に」

「今津屋も男所帯にございました」

「あちらの台所には何人もの女衆《おんなし》がいたゆえ、そなた一人で動き回ることはなかったぞ」

佐々木家にも飯炊きの婆《ばあ》様と台所女中が二人いたが、今津屋の女衆の人数とは

比べようもない。

「確かに奉公人の数は少のうございますが、利次郎様方がお手伝いくださいますので手は足りております」

「養母上が、おこんが懐妊したときのために離れに一人女中を雇おうかと言うておられたぞ」

「磐音様」

「どうした」

「今しばらくおこん一人に磐音様のお世話をさせてください。お願い申します」

「そうか」

と応じた磐音は、

「養父上にお断りした後、昼から二人で出かけぬか。そなたにちと知恵を借りたいことがあるのじゃ」

と言った。

その言葉におこんが嬉しそうに頷いた。

二

磐音は遅い朝餉の後、玲圓の居間に戻り、独り書き物をする養父としばし内談した。磐音の話を聞いた玲圓が、

「西の丸様はお若いゆえ、市井《しせい》の諸々に興味関心がおありになられる。桂川国瑞先生に心労を強《し》いることになろうが、御城から出ることも叶わぬ身を考えると気持ちが分からぬではない。だが十一代将軍位にお就きになる折り、その経験が生きよう。磐音、精々西の丸様のために下働きをせよ」

「畏まりました」

その後、久しぶりに初夏らしい軽やかな単衣を着たおこんを伴い、磐音は尚武館道場を出た。すると門前で白山をからかっていた利次郎らが、

「おや、若先生、おこん様とお出かけですか」

「時にそなたらのむさい顔を忘れたいとおこんが申すでな」

「磐音様、そのようなことを申し上げた覚えはございません」

と門前で言い合う二人に、

「うちは剣術の道場ですからね、男臭いのは致し方ございません。おこん様、精々気晴らしをしてきてください」

と利次郎らが快く送り出してくれた。それに応えておこんの、

「なにか甘いものでもお土産《みやげ》に買ってきます」

との言葉に、若い門弟らが、

「わあっ！」

と歓声を上げた。

神保小路には今日も初夏の心地好い風が吹き渡り、屋敷の塀越しに瑞々《みずみず》しい新緑が映じた。

「ふうっ」

とおこんが思わず小さな息を吐いた。

「やはり武家は息が詰まるか」

「いえ、そうではございません」

と慌てて返事をしたおこんが、

「少々戸惑っているだけです。すぐに慣れます」

「おこん、気苦労を己ひとりの胸に溜《た》め込んではならぬぞ。病は気からと申すゆ

え、不平不満に愚痴《ぐち》、言いたいことあらばなんでもそれがしに申すのじゃ。それで胸の中のもやもやがすっきりすることもあろう。暗い顔ではおこんらしゅうないからな」

「あら、私、沈んだ顔付きをしておりましたか」

「いや、そうではない」

と磐音が答えたとき、直参旗本玉田《たまだ》家の門番が、

「佐々木の若先生、お内儀様、よいお日和で」

と挨拶を送ってきた。

「よい気候になりましたな」

磐音の言葉におこんも腰を折って会釈《えしやく》を返した。すると玄関番の若侍が眩しそうにおこんを見た。

「磐音様、もうしばらく時を貸してください。佐々木家の家風に馴染みますゆえ」

「おこん、重ねて言うが、われら、長い生涯を共に歩かねばならぬ身。互いに無理は禁物。嫌なことがあればすぐに吐き出し合うのじゃ。よいな」

「はい」

なんとなく明るい表情を取り戻したおこんに、

「それそれ、その声、その顔。それがおこんの地じゃ」

と磐音も笑みを返した。

「磐音様、本日は私の気晴らしのために連れ出してくださったのですか」

「いや、そうではない。知恵を借りたいと言うたのは真のことだ」

「私に知恵を借りたいとはどのようなことです」

「おこん、明日、桂川さんが西の丸に御脈拝見に上がられることはすでに話したな」

「その折り、密かに宮戸川の鰻を持参なさるのでしたね」

「いかにもさよう。そこでな、鰻を食されたあと、さらに町屋の暮らしが浮かぶように、甘いものの一つでも用意できれば、西の丸様がさらにお喜びになるのではと考えたのだ」

「あら、御城には甘味などないのですか」

「京の老舗《しにせ》の菓子司が作った干菓子あたりか、腹に障らぬような甘味であろうと思う。だが、家基様はお若い。折角、こってりと脂の乗った鰻の蒲焼を食されようというのだ。その後に、普段お召し上がりになったこともない甘味などが供されば、さらにご満足なされようと思うてな」

「桂川先生に託されるのですね」

「そういうことだ」

と磐音が微妙な返事をした。だが、おこんは磐音の口調には気付くふうもなく小首を傾げて、

「西の丸様が普段お口にされたことがないもの、ですか」

と思案した。そして、

「須崎村の墨堤《ぼくてい》に、吉宗様がお命じになった桜並木がございますね」

と言い出した。

「桜の名所じゃな」

「長命寺境内《ちょうめいじけいだい》で桜餅《さくらもち》なる甘味が売り出され、界隈の人々の評判を得ているそうです」

「なに、餅とな」

「なんでも、塩漬けした桜の葉に包んだ餡子《あんこ》餅だそうで、いい塩加減の桜の葉に餡子と餅がからみ、絶妙の味だそうです。冷えても、焼けばさらに一段と風味を増すと聞いたことがあります」

「聞くだに美味しそうじゃな。参らぬか」

「私も日頃から賞味したいと思っておりました」

「養母上をはじめ、利次郎どのらへの土産にも買い求めよう」

話しながら、二人はすでに昌平橋際まで下りていた。

おこんが速水家に養女に入る日、深川六間堀から今津屋の厚意で仕立てた屋根船で上がった船着場が橋下の岸辺にあった。

磐音はおこんの足を考え、柳橋の船宿川清まで下り、猪牙舟《ちょき》を見付けようと思った。すると船着場に折りよく猪牙舟が止まり、客を降ろすところだった。

「小吉どの」

磐音の声に川清の船頭が捩り鉢巻の顔を上げた。

「おや、若先生におこん様、お出かけですかえ」

「川向こうまで付き合うてはくれぬか」

「へえ、毎度ありがとう存じます」

と小吉が気持ちのよい返事を返してきた。

「おこん、須崎村まではちと遠い。猪牙で参ろう」

磐音はおこんの手を引いて土手の段々を下りると猪牙舟に乗せた。

「おこん様、神保小路の暮らしには慣れましたかえ。お顔がさ、ちょいとほっそりなされたようだ」

小吉はおこんが速水家に入った折り、屋根船の櫓を握った船頭だ。なにより今津屋におこんが奉公に入ったときからの馴染みで、おこんの変化を詳しく知る一人だ。

「あら、そうかしら」

とおこんが頰《ほお》に手を当てた。

「気は遣わないつもりでもさ、いろいろと心労が溜まってたんですぜ」

と小吉が竿《さお》を櫓に持ち替えた。

小吉の言葉に、磐音はやはりおこんの身が気になった。

神田川の流れに乗って猪牙舟が進み始めた。

「本日は六間堀に里帰りですかえ」

「そうではないのだ、小吉どの。そなた、須崎村の長命寺の桜餅を承知か」

「佐々木様、大川を上り下りしてお足を稼いでいる船頭ですぜ。両岸の名物くらいすっかり頭に入ってまさあ」

「これから参って購《あがな》うことができようか」

「あの界隈でこそ評判をとってますがね、江戸じゅうに知れ渡っているわけじゃございません。まず大丈夫にございましょう」

と小吉が請《う》け合った。

「近頃売り出されたようじゃな」

「いえ、そうじゃございません。八代吉宗様のお声がかりで植えられた桜が大きく育ち、享保《きょうほう》辺りから、季節ともなると花見客が墨堤に集まるようになりましてね。それを見た長命寺の寺男の山本新六《やまもとしんろく》って人が知恵を働かせ、花見客相手に桜餅を工夫して売り出したのが最初でさあ。ですから、かれこれ五十年も前からございますので」

「あら、近頃のことではないの」

「おこん様、売り出したのは、結構古いんでございますよ。大所で元祖山本屋と名物大黒屋の二軒が競い合ってますが、わっしは大黒屋の桜餅が好みでさあ。塩と餡の加減がなんともいい」

この長命寺の桜餅が、

「下戸《げこ》もまた有りやと墨田の桜餅」

とか、

とだ。


「遠乗りの駒をつないだ桜餅」

と人口に膾炙《かいしゃ》されるようになるのは、文化文政期《ぶんかぶんせい》（一八〇四〜三〇）以降のことだ。

神田川を一気に下った小吉の猪牙舟は、今度は流れに逆らい、大川を遡《さかのぼ》り始めた。それでも小吉の櫓捌《さば》きは悠然《ゆうぜん》としたものだ。

「そうそう、佐々木様、あの殴られ屋の侍ですがね、結構繁盛しておりますぜ。市原道場の門弟をあしらったのが評判になりましてね、つい最前も冷やかしが大勢待ち受けていましたぜ」

と小吉が話題を変えた。

「今朝、向田源兵衛どのが尚武館に稽古に参られた」

「えっ、本当に行ったんですかえ」

「稽古の後、利次郎どのらとともに台所で朝餉を食していかれた」

「髭面でいかめしいようだが、笑うと結構目なんぞ人懐っこかったですからね」

と櫓を漕ぐ小吉の額にうっすらと汗が光っていた。

「佐々木様、殴られ屋侍にさ、柳原土手で二つばかり噂が流れてまさあ」

「ほう、どのようなものだな」

「一つは、市原道場の面々が意趣返しに大挙して押しかけ、叩きのめすという話でね」

「市原先生がお許しになられまい。また、押しかけたところで恥の上塗りになるばかりじゃ」

「佐々木様、殴られ屋の侍、それほど腕が立ちますかえ」

「今朝、竹刀を交えたが、うちの道場でも十指には入ろう」

「そうか、それほどの腕ねえ」

と小吉が感心した。

「二つめの噂とはなにかな」

「あの髭面の侍、仇《かたき》を探してあんな商売を始めたというんですがね。もっとも、古着屋連中の言うことだ、あてにはならねえが」

「仇討《あだう》ちのため、向田どのは江戸に出て参られたのであろうか」

「いえ、だから根も葉もない噂なんですよ」

磐音にもなんとなく仇討ちの江戸滞在とは思えなかった。

「尚武館に当分通ってくる様子ですかえ」

「竹刀を振るう表情は生き生きとしておられるでな、当分参られるような気がする。若い門弟衆にはよい手本となろう」

猪牙舟はいつしか吾妻橋から山谷堀《さんや》の合流、竹屋ノ渡しを越え、左岸の須崎村の長命寺の船着場へと接近していた。

「小吉どのの推奨の大黒屋に参ってみるか」

「へえっ」

と小吉が張り切って猪牙舟を岸へと寄せた。

「若先生、おこん様、わっしは舟で待ってまさあ。ごゆっくりと桜餅を賞味してきてくだせえ」

小吉はおこんの心情を察した様子で、磐音と二人だけにして送り出した。

葉桜の季節だが、墨堤には長命寺への参詣《さんけい》か、あるいは桜餅目当てか、三々五々散策する人影があった。

「あら、桜餅茶屋が結構軒を連ねているのね」

おこんが驚きの声を上げた。

長命寺の門前には簾《すだれ》がけの露店から茶屋造りの甘味屋まで大小十数軒の店が、「名物桜餅」の看板で商売をしていた。

「小吉さんが言った大黒屋だわ」

大黒屋は小体《こてい》の店構えだが、簡素な佇《たたず》まいに餡子職人の意地が見えた。

店の左右には樹齢四、五十年の桜があり、門前に新緑が濃い日陰を作っていた。そして、幹には馬が三頭繋《つな》がれていた。駄馬ではない。遠乗りに来たか、武家が乗る馬だった。

馬体が汗で光っているところを見ると、主《あるじ》一行がたった今鞍《くら》を下りたことを示していた。鞍横には赤樫《あかがし》の木刀と瓢箪《ふくべ》が結び付けてあった。

「酒がないと申すか」

いきなり無粋な声が表まで響いてきた。

「うちは桜餅屋にございまして、酒食は供しておりません。恐れ入りますが他の茶屋を当たってくださいませ」

と女の声が応じて、
がちゃんがちゃん
と什器《じゆうき》が壊れるような音がして三人の若侍が飛び出してきた。腹を立てた主従の一人が、茶器か茶碗《ちやわん》を土間にでも投げ付けたのか。

「京也《きようや》、料理茶屋を探せ」

と主の若侍が巨漢の家来に命じた。

そのとき、三十年配の女が姿を見せて、

「お武家様、うちは桜餅屋にございます。一つでも桜餅を購ってもらったお方はお客様、土瓶《どびん》を壊そうと建具を傷《いた》めようと、粗相で事を済ませます。ですが、お武家様方は、酒がないと断られた腹いせに乱暴狼藉《ろうぜき》をなさって立ち去ろうとなさる。許せません。人の上に立つお武家様の振る舞いとも思えません。道具を壊したお代を申し受けます」

大黒屋の女主か、毅然とした態度で言い放った。

騒ぎを聞き付けた散策の人々が集まってきた。

「女、身の程知らずめが。直参旗本に文句をつける気か」

「理不尽な振る舞いにございます。大黒屋おかよ、許せません」

「おもしろい」

と二十四、五の武家が鞭《むち》を振り上げて、

「京也、この家、叩き壊せ」

と命じた。

三人の主従はすでに遠乗りの間にだいぶ酒を飲んだ様子だ。

「畏まって候」

と叫んだ京也は六尺豊かな偉丈夫だった。馬の鞍に括《くく》り付けていた赤樫の木刀を摑《つか》むと店の中に戻ろうとした。

その前に女主が立ちはだかった。

「そんな乱暴は許せません」

「京也、構わぬ。押し通れ」

と若侍が命じ、主のほうはおかよの前に出て、鞭の先で胸を牽制《けんせい》するように押さえた。おかよがそれを振り払うと、

「抗《あらが》うか」

と若侍がおかよを鞭で殴り付けようとした。

磐音がそよりと動いたのはその瞬間だ。

「およしなされ」

腕を取られた若侍が磐音を振り返ると、

「無礼者、何奴《なにやつ》か。邪魔立ていたすな」

と喚《わめ》いた。

「だいぶ酒を聞《きこ》し召しておられるようじゃ。本日はこのまま屋敷にお帰りなさ

れ」

「余計なことを」

だが、若侍はどこをどう摑まれたか、微動だにできない。

「京也、こやつの脳天を叩き割れ」

命じられた京也は木刀を振り上げ、

「手を離さぬとそのほうの脳天、赤樫の木刀で打ち割るぞ！」

と宣告した。

「お好きなように」

「なにっ！」

京也が木刀を片手殴りに磐音の額に叩きつけた。

若侍の腕を離した磐音の腰が沈み込み、狙いが外れた木刀がなんと主の肩口を打った。

「うっ」

と言葉を詰まらせた主がその場にしゃがみ込み、それでも必死に痛みを堪《こら》え、野次馬の手前、体面を保とうとした。

「京也、そのほう、敵味方も分からぬか！」

と憤激した。

「外記《げき》様、お許しを。こやつが逃げましたゆえ、つい木刀が滑りましてございます」

「黙れ、黙れ」

主人の激怒に狼狽《ろうばい》した京也の前に、磐音がふわりと立ち上がった。京也は主の怒りを鎮めようと、

「もはや手加減いたさぬ、打ち殺してくれん！」

と形相《ぎょうそう》を変え、木刀を両手大上段に振り上げた。

磐音は京也の内懐に踏み込みざま、腰に帯びていた白扇《はくせん》を抜くと、木刀を握る手首を、
びしり
と打った。すると京也の手からぽろりと木刀が落ちた。

「おのれ！」

錯乱した京也が痺《しび》れる手で刀の柄《つか》を握った。

「愚か者、酔いを醒《さ》まされよ」

と磐音が叱咤した。

「それがし、神保小路直心影流尚武館の佐々木磐音と申す。これ以上、騒ぐようなら、容赦はせぬ」

「なにっ、尚武館の佐々木磐音とな」

磐音は刃傷沙汰《にんじょうざた》を避けようと名乗ったのである。

肩口を家来に木刀で殴られた若侍は磐音の名を承知か、悔しそうな顔付きで地面にしゃがみ込んだまま磐音を睨み上げていたが、

「京也、引き上げじゃあ」

と家来に命じた。

馬の手綱を解き、必死で鞍に這《は》い上がろうとする主従を見ながら、

「大黒屋の主どの、什器の損害はいかほどかな」

と磐音が長閑《のどか》に問うた。

「若先生、胸のつっかえがすうっと下りました。器のお代など大したことはございませんし、貰いたくもございません」

と笑いかけ、

「だれか、塩を持っておいで」

と奉公人に命じた。

三頭の鞍にようようまたがった主従が馬腹を蹴《け》って駆け出すと同時に、大黒屋の男衆の一人がその背に、さあっ、と塩を振り撒いた。

三

磐音とおこんは大黒屋の帳場に通され、お茶を供されることになった。二人を前におかよが、

「胸がすくとは、まさにこのことを言うのでございましょう。真に有難うございました」

と改めて磐音に礼を述べた。

「なにほどのことがあろうか。いささかお節介であったかと悔いているところです」

と磐音が応じたところに、おかよの両親と思える初老の夫婦が顔を出して、

「娘のおかよは幼いときから気ばかり強うございましてな。最前も、酒に酔ったお侍に殴られやしないか、斬られやしないかと、奥で冷や冷やしておりました」

「そうですよ。女だてらに啖呵《たんか》なんぞ切るものだから、騒ぎになっちまったじゃ

ないか」

と男親と女親が口々に言い、

「お武家様、ほんとうによいところに居合わせてくださいました。わっしは大黒屋の二代目の竜太郎《りゅうたろう》、こっちは女房のおかくでございます」

とさらに付け加えた。

「はてどこかで」

とおかくがおこんをじっと見詰めて、

「失礼ながら、お内儀様をどちらかでお見かけしたような気がしますが、歳を取るとすぐに思い出せないんですよ」

「おっ母さん、両国西広小路の今小町、今津屋のおこんさんですよ」

「なにっ、あのおこんさんがお武家様のお内儀になったというのかい。それはまたどうしてだえ」

と母親が娘を見た。

おこんの素姓を承知のおかよだったが、なぜ磐音と夫婦になったか、その経緯は知らぬ様子だ。

「話せばいささか長くなるが」

と前置きすると、磐音は茶を喫しながら、磐音とおこんが佐々木家の跡継ぎ夫婦になった経緯を簡潔に話した。するとおかよが膝を叩き、

「私もね、客の噂で今津屋のおこんさんが嫁に行ったとは聞いておりました。まさか尚武館の若先生と夫婦《めおと》になられたなんて、努々《ゆめゆめ》考えもしませんでしたよ」

と応じながらも得心の様子を見せた。

「おかよどの、本日はこちらの桜餅を、さるお方に食していただこうと買いに参ったのじゃ。残っておろうかな」

「若先生、残っていなきゃあ、亭主に新たに作らせますよ。本日、さるお方にお届けになるのですか」

「いや、明日にござる」

「なら明日の朝拵《こしら》えたものを、道場までお届けに上がります。何刻までにお届けすれば宜しゅうございますな」

と竜太郎が磐音に訊いた。

「道場を五つ（午前八時）前には出ねばならぬ。それではいくらなんでもそなた方の仕事に差し障りがあろう」

「いえ、六つ（午前六時）だろうと六つ半（午前七時）だろうとお届けいたしま

すよ。桜餅はなんたって作り立てが美味にございましてな。本日のお礼に心をこめて仕上げますよ」

と竜太郎も約束し、磐音はおこんの考えを聞くように見た。

「こたびだけご無理を願いましょう。そのほうがお相手様もきっと喜ばれます」

「そうだな、そうしてもらうか」

と夫婦で話がなった。

「それとは別に本日、わが両親と住み込み門弟衆へのお土産に頂戴いたしとうございます」

「へえっ、お持ち帰りはすぐに用意させます」

「お待たせいたしました」

とそこへおかよの亭主の輝吉《てるきち》が作り立ての桜餅を運んできて、

「佐々木の若先生、女房をようも助けていただき、有難うございました」

と律儀に挨拶して桜餅を磐音とおこんの前に置き、

「拵えたばかりです。食べてみてください」

と勧めた。

「ほう、これが名物大黒屋の桜餅か。淡い紅色の餅と桜の葉の彩りがなんともいいな。頂戴いたす」

磐音が桜餅を手で摘まむとおこんが、

「磐音様、手ずからではお行儀が悪うございます」

と諫《いさ》めた。

「おこん、物を食するときは、手で触りながら賞味するのが一番美味いのじゃぞ」

と全く無頓着《むとんじゃく》に口に入れた。そして、嚙《か》み締めるように味わっていた磐音の顔が笑みで綻び、

「おお、これは美味かな。きっとあのお方も喜ばれよう。なんとも言えぬ塩加減と甘さかな」

ともはや食べることに夢中で、独りだけの境地にいた。それを見たおこんが、

(あらあら、磐音様ったら心は桜餅にしかないわ)

と諦めた様子で眺め、それをまた大黒屋の二世代の夫婦が微笑ましく見ていた。

磐音とおこんが神保小路の尚武館に戻ったのは夕刻前の刻限だった。

大黒屋の桜餅は夕餉の後に、玲圓とおえい、利次郎ら住み込み門弟にも供され

て、

「おえい、わしは初めて食したが、美味なものじゃな」

「私は山本屋の桜餅は食したことがございますが、大黒屋もまたなかなか深い味わいにございますな」

「口の中で季節が躍っているようじゃ」

日頃あまり甘いものは口にせぬ玲圓が二つも食べた。

翌朝、磐音は朝稽古を早めに切り上げた。

母屋の湯殿で水浴をして身を清め、おこんが用意してくれた新しい下帯を身に着けた。離れ屋に戻り、外出の仕度をするところに、大黒屋から作り立ての桜餅が届けられたことが知らされた。

届けたのはおかよの亭主の輝吉だという。

応対したおこんが離れにお通りくださいと言うと、

「おこん様、わっしは江戸に奉公に出てきた時分から剣術の稽古を見るのが大好きなんでございますよ。邪魔はいたしません。よかったら道場の片隅から見物させてはもらえませんか」

と願い、

「お安い御用です」

とおこんが高床に案内した。

輝吉は二百人近い門弟衆が打ち込み稽古に精を出す様子に圧倒され目を丸くしていたが、

「おこん様、さすがは江都一の道場ですね。まるで戦国時代に逆戻りしたような勇ましさです」

と嘆息したり、喜んだりした。


磐音は輝吉の持参した桜餅の風呂敷包みを下げ、おこんと白山に見送られて尚武館を出ると、御典医桂川国瑞の屋敷へと向かった。

宮戸川の鰻が鉄五郎親方の手で桂川邸に無事届いているかどうか確かめて戻ってくるはずの磐音は、朝稽古が終わっても道場に帰ってくる様子はない。そこで、おこんは、

（桂川先生の城下がりを待ち、首尾を伺ってからお帰りになるんだわ）

と思った。

独り朝餉を済ませて後片付けを終えた刻限、利次郎が、

「輝吉さんはたった今、満足した顔で帰って行きましたよ」

と知らせに来た。

「そうだ、大黒屋の輝吉さんがいらしていたのをすっかり忘れていました。お茶も朝餉も差し上げなかったわ」

「輝吉さんはなかなかの剣術好きですよ。今度は朝稽古の始まりから見物に来るそうです。私どもにも須崎村に遊びに来いと言い残して、大満足の体で帰っていかれました」

おこんはおこんで、利次郎の報告に、大黒屋の桜餅作りは大丈夫なのかしらと案じた。

江戸城西の丸の北側を紅葉山とか、鷲《わし》の森と呼ぶ。元和《げんな》四年（一六一八）に東照社が造営されて以来、歴代将軍の御霊屋《みたまや》が設けられた。だが、七代将軍家継以来、御霊屋は新たに造られず合祀《ごうし》された。

その西の丸に、将軍を隠居した大御所、あるいは将軍の世嗣《せいし》たちが住まいとして入るようになったのは寛永《かんえい》元年（一六二四）といわれる。

大御所秀忠の住まいとして建てられた殿舎が同十一年に焼失し、十三年に仮舎として再建された。

慶安《けいあん》元年（一六四八）、世嗣の家綱が二の丸から西の丸に移り、本丸との中仕切りの石垣、紅葉山との境の石垣などの普請《ふしん》が行われ、さらに御殿の作事が同三年八月に完成し、家綱が九月に移住した。

この改築により西の丸御殿が完成を見た。

西の丸の内部は本丸と同じく表、奥向、大奥からなり、家基が主の安永年間もほぼ同じ造りと機能を有していた。

この日、御典医桂川甫周国瑞は薬箱持ちの見習い医師を従え、坂下渡り門から西の丸裏御門を経て大奥に通った。そこで待ち受けていた二人の家基近習《きんじゅ》、五木《いつき》忠次郎《ただじろう》と三枝隆之輔《さえぐさりゅうのすけ》に案内されて、さらに畳廊下を幾度となく曲がりながら進んだ。

一行が進んだ後には香ばしい匂いが漂い、大奥の御女中衆が、

くんくん

と思わず鼻を鳴らす場面が見られた。

「西の丸様、格別調合の南蛮《なんばん》渡りの妙薬にございますれば、お許しを」

とその都度御典医が断りながら進んでいく。

西の丸の西側には、

「山里」

と呼ばれる庭園が広がっていた。

山里に到着した一行にほっと安堵の表情が漂った。

初夏の光が燦々《さんさん》と降りそそぐ庭園の中ほどに、泉水と築山、それに離れ屋があった。

「御典医桂川甫周にございます」

「参ったか」

家基の声には喜色があって、こちらでも鼻をくんくん鳴らすような様子があった。

国瑞と薬箱持ちは廊下で平伏し、数呼吸の後、国瑞が軽く顔を上げた。

「西の丸様にはご機嫌麗《うるわ》しゅう拝察いたします」

「甫周、本日、御脈診立《みた》てはせずともよいぞ。それより香ばしき匂いの鰻の蒲焼とやらを予に見せい」

「はっ」

と畏まった国瑞が、

「御薬箱をこれへ」

と見習い医師に命じた。

大柄の見習い医師が面《おもて》を伏せたまま薬箱の蓋《ふた》を開こうとした。

「うむっ」

と家基がその伏せられた顔に視線を止めて、

「そのほう、面を上げよ」

と命じた。

「お初のお目見《めみえ》にございますれば、お許しを」

「ならぬ」

見習い医師が結い立ての慈姑《くわい》頭を上げた。

「おお、そのほうは」

「見習い医師佐々木磐音にございます」

と国瑞が口添えした。

しばらく沈黙していた家基が莞爾と笑い、

「懐かしいのう、磐音」

と声をかけた。

「西の丸様にもご壮健なご様子、祝着至極にございます」

家基が何度も頷き、

「忠次郎、隆之輔、そのほうら、見習い医師が磐音と承知しておったか」

と忠臣の五木忠次郎と三枝隆之輔に問うた。

「御廊下を歩きながら、なんとのうどこかでお見かけした御仁とは思うておりましたが、なんと坂崎磐音様でしたか」

と忠次郎が破顔した。

「これ、忠次郎。もはや磐音は坂崎ではないぞ、佐々木家に入り、おこんと申す女子《おなご》と祝言を挙げたのじゃ」

と家基が知識の一端を披露した。

「おお、迂闊《うかつ》にございました。いかにも直心影流尚武館佐々木玲圓道場の後継にございましたな」

「西の丸様にはわれらがことまでお気遣いいただき、養子縁組に際しては小さ刀を頂戴し、磐音、これに勝る感激はございませぬ」

「届いたか」

「はっ」

磐音は見習い医師の形《なり》の腰に差した小さ刀を見せた。すると家基の顔がさらに綻び、

「磐音、おこんと仲良うしておるか」

「はっ、恋女房にございますれば仲睦《なかむつ》まじゅう暮らしております」

「忠次郎、隆之輔、言いおるぞ、言いおるぞ」

と手を叩かんばかりに喜んだ。

ここに会する五人は日光社参に同行した面々で、道中を共にしていた。密かに放たれた田沼意次《おきつぐ》一派の刺客との暗闘を繰り返し、生死を共にしてきた仲だった。それだけに、家基に対する絶対の忠誠心と信頼で結ばれていた。

「家基様、宮戸川の鰻を約定せしは佐々木磐音どのにござれば、それがしの一存にて薬箱持ちとして同道させましてございます。お気に障られたとすれば、すべて桂川甫周の責任《せめ》にございます」

磐音は桂川国瑞からそのことを命じられたとき、

「それがし、一介の町道場の婿にすぎませぬ」

と固辞した。だが、国瑞は、

「佐々木磐音様はもはや西の丸様とお目見の間柄、必ずや再会を喜ばれましょう。なにより鰻の蒲焼を西の丸様にお約束なされたのは磐音様ですからね」

と押し切られたのだ。

「甫周、よき判断であったぞ。苦しゅうないわ。本日は離れ屋から女中どもを遠ざけてある。男ばかりの集いじゃ。日光社参道中のように無礼講じゃぞ」

と鰻の催促を磐音にした。

宮戸川の鉄五郎が丹精込めて焼き上げた鰻は、特製の薬箱に入れられており、焼き上げた折りの温かさが保たれるようにあれこれ工夫がなされていた。

大皿に盛られた、江戸前の鰻の蒲焼と白焼きなどを、磐音は家基の前に披露した。さらに武骨な男らの手で膳が用意され、家基の前に鰻料理の数々が並んだ。

「これが流行《はやり》の鰻焼きか」

「江戸前の鰻は、しゃこ、蝦《えび》をたくさん食べて育ちますゆえ、味が上品でかつ美味と申します。鰻の料理は元々上方から江戸に伝わったものにございますが、江戸では蒸して、余分な脂を落とした上に秘伝のたれに何度も浸しながら焼き上げます。西の丸様のお口に合うかどうか、ご賞味くださいませ」

頷いた家基が、

「隆之輔、甫周と磐音に酒を持て」

と命じた。

家基が一箸《ひとはし》蒲焼を食したあと、

「うっ」

と顔の動きを止めて声を洩らした。

「家基様、どうなされました」

国瑞が不安げな顔で訊いた。

「ご不快にございますれば、お口からお吐き出しを」

止まっていた家基の口が動き出し、ゆっくりと味わうように賞味したその顔が和み、

「磐音、これほど美味のものは食したことがないわ。それを甫周は吐き出せと申したぞ」

と朗らかにも破顔すると、二箸めを白焼きに伸ばした。

家基は、

「忠次郎、隆之輔、そなたらも、深川名物の鰻を食したことがあるまい。ほれ、食してみよ」

と二人の家臣にも勧め、

「家基様、いかさま天下の美味にございますな。それがし、下戸でございますれば白飯で食したいと思います」

「それがし、白焼きで酒を飲みとうございますぞ」

と言い合うのへ、

「隆之輔、酒が飲みたければ磐音から盃を受けよ」

と上機嫌で言った。

この日、男ばかりの気兼ねのない宴《うたげ》の時を過ごした。話題は日光社参道中の折りの思い出の種々《くさぐさ》に触れて尽きることがない。

磐音は若い家基の明朗闊達《かったつ》な言動に改めて触れ、

（このお方こそ十一代将軍）

に相応しいと考えていた。そして、山里のどこからともなく観察する、

「目」

を感じ取っていた。

五人前ほどあった宮戸川の鰻料理は、家基と忠次郎と隆之輔の腹に入り、最後に茶が供されたとき、磐音が須崎村の名物桜餅を供した。

山里にはいつしか傾いた光が射し込んでいた。

「磐音、そなた、甘味まで持参いたしたか」

「昨日、おこんと須崎村の長命寺門前まで参り、注文してきた桜餅にございます。吉宗様所縁《ゆかり》の墨堤の名物にございますれば、どうかご賞味を」

と勧めると、

「おおっ、八代様所縁の土地のものなれば、徳川一門の末裔《まつえい》として賞味せねばなるまいな」

と言いつつ桜餅を口に入れた家基が、

「忠次郎、これまた美味じゃぞ。城外の者はかような美味を毎日食しておるのか」

「家基様、かように精のつく鰻や甘味ばかりを毎日食する民はおりませぬ。格別な日に食するものにございます」

と国瑞が城育ちの家基に教え、

「いかにもさようであろうな」

と応じた家基はしばしなにか考え込んでいたが、

「磐音、次なる機会には、予を宮戸川に案内《あない》いたせ。しかと申し付けたぞ」

と命じた。

四

磐音は駒井小路に桂川甫周国瑞を送り、屋敷に立ち寄ると、衣服を着替えた。

その上で桜子に挨拶をなした。

「御用は無事にお済みでございますか」

桜子が国瑞に訊くと、

「ご壮健にあられたぞ、桜子」

「俄《にわ》か医師どのはお役に立たれましたか」

「それがしの診立てより、見習いどのの趣向に殊《こと》の外《ほか》感心なされてな、大満悦であられた。御典医桂川国瑞、顔色なしであった」

桜子の視線が磐音に行き、

「御髪《おぐし》を直させましょうか」

と訊いた。

「かような髷は初めてにござれば、おこんに披露しようかと思います」

と磬音は言うと、駒井小路とは指呼《しこ》の間の神保小路に戻っていった。

この夕べ、佐々木家では母屋に膳部が四つ並び、二世代四人で夕餉を摂る仕度がなされていた。

「おこん、磬音がそろそろ戻る刻限であろう。今宵《こよい》は膳を共にいたそうか」

と珍しくも玲圓の指図があってのことだ。

おこんは白山の、
わうわう
と甘えるように吠える声に磬音の帰宅を知り、台所から急いで玄関へと走った。

すると奇妙にも慈姑頭の磬音がしゃがみ込み、白山の頭を慈しむように撫でていた。なにか興奮を鎮めるような、そんな様子だった。

「珍しい御髪にございますね」

「似合うか」

磬音が悪戯《いたずら》っ子のように微笑んだ。

おこんが、立ち上がった磬音をぐるりとひと回りして観察した。

「なにをなされたのですか」

「おこん、門前では話にもなるまい」

「今宵は養父上様の命で母屋にて夕餉を食することになっております」

「ならば養父上と養母上にお見せいたそうか」

そのとき、おこんは磐音の腰に、大刀の傍らに小さ刀が差し込まれているのに気付いた。

磐音は母屋に入り、

「養父上、養母上、ただ今戻りました」

と挨拶をなすと佐々木家の仏間に入り、灯明《とうみよう》を灯《とも》して先祖の仏壇に向かい、長いこと合掌し瞑想《めいそう》していた。

その様子を玲圓は黙って見つめていた。そして、

「お待たせいたしました」

と磐音が膳に戻ったが、玲圓もおえいもその日の磐音の行動を尋ねることはなかった。

若夫婦が離れ屋に戻ったのは五つ（午後八時）過ぎのことだ。

「おこん、すまぬがこの髪を戻してくれぬか」

「髪結いのように上手にはできませんが」

「朝稽古の後、髪結いを訪ねる。その間のことだ」

磐音は慈姑頭を見せたかったのかと気付いた。

「ようお似合いです」

「そうか」

行灯《あんどん》の灯心を掻き立てたおこんが正座した磐音の後ろに回り、慈姑頭の髷を解き始めた。

「どうなさったのです」

「おこん、眠とうなった」

「おやおや」

「寝言を言うやもしれぬ」

櫛《くし》で髪を梳《す》かれながら磐音は気持ちよさそうにこっくりこっくりとうたた寝を始め、その口から言葉が洩れてきた。

おこんはその内容に仰天し、櫛を動かす手を止めた。

「おこん、髪を梳かれると気持ちがよい。続けてくれぬか」

「磐音様、確かに寝言を言っておられました」

「寝言ゆえ聞き流してくれぬか」

「畏まりました」

おこんは磐音の髪を再び梳きながら、西の丸の離れ屋で男だけの語らいの風景を想像した。だが、今一つはっきりとした光景は浮かばなかった。

だが、城奥に生まれ育ち、三百諸侯を束ねる頭領の座にいずれ就くことになるお方にとって、それが待ち望んだ一日であったのだ。そのことだけはおこんにもはっきりと理解できた。そして、佐々木家の嫁に入った宿命《さだめ》と、その、

「重み」

をおこんは磐音の髪を梳きながら考えていた。

磐音もまた西の丸山里の離れ屋での談笑が田沼意次の耳に入り、早晩なにか反応が戻ってこようと考えていた。


翌朝、磐音はおこんが結い上げた髷で、包平を提げてひっそりと離れ屋を出た。

八つ半（午前三時）前、住み込み門弟の利次郎らも未だ起きていない刻限だ。

佐々木家の居宅と尚武館道場とを結ぶ裏の戸口は二つあった。母屋に近い裏戸と離れ屋に近い戸口だ。

磐音は離れ屋の戸口から道場に入り、静かに戸を閉めた。

その瞬間、広々とした二百八十余畳の道場に侵入者があることを察知した。一旦、田沼家の領地遠江相良《とおとうみさがら》に引き上げた剣客が戻ってきたかと考えた。だが、

(いささか感触が違うておる)

と思った。

戸口の前で神棚に向かい、拝礼した磐音は、稽古着の腰に包平を差し落とした。

「どなたかな」

気配は、磐音が立つ裏戸の前とは対角線の片隅から押し寄せてきた。襲来する侵入者は複数だ。それが足並みを揃えて足音を立てることなく接近してきた。

磐音は包平を抜くと正眼に構え、戸口の前で相手の襲撃を待ち受けた。

(床を這うように突進する相手は六人か)

一人が先頭に立ち、二人、三人が後詰《ごづめ》の、二列三列に配された楔《くさび》陣形だ。

間合いが一気に詰まった。

先頭の者が飛躍の気配を見せた瞬間、不動の磐音が踏み込んでいた。二尺七寸の包平が、闇《やみ》の虚空に飛び上がらんとする相手の腰を薙ぎ、床を離れた体が均衡を崩して床に叩き付けられていた。

磐音は二列三列目の後詰の間を、

するり
と駆け抜けたが、包平を振るうことはなかった。

間合いを十分に取った磐音が反転した。

五人の者が、最前まで磐音が立っていた床に転がる仲間を囲むようにして磐音の動きを凝視していた。

(闇を透徹する目)

下忍か。

「尋ねても名乗りはすまいな」

沈黙が答えだ。

「どうやら西の丸奥から立ち現れたと思える」

五人は剣を収め、傷ついた仲間を抱えると、裏戸から姿を消した。磐音は間を置いて闇に気配を消す一団を確かめると、尚武館の門に行った。

(なぜ白山が吠えなかったか)

門の下から白山の規則正しい寝息が響いてきた。だが、それはいつもより高く低く響いて異常を教えていた。

磐音は眠り込む白山の鼻先に自らの鼻を付けた。すると白山の口から獣の肉と思える臭《にお》いが嗅ぎ取られた。

眠り薬を塗《まぶ》された肉片を投げ与えられた白山は、そのせいで意識を失わされていた。白山を殺すとなればかような迂遠な方策は取るまいと考えた磐音は、井戸端に向かい、水を張った桶《おけ》と雑巾を手に道場に戻り、滴り落ちた血の跡を拭い消した。

独り稽古の最中に利次郎らの気配がした。だが、この朝、磐音は住み込み門弟らの拭き掃除の列に加わることなく稽古を続けた。

この朝、向田源兵衛が稽古を休んだ。その代わり、品川柳次郎が初めて姿を見せた。そのことを知らされた磐音は未だ式台前に立つ柳次郎のもとへ向かった。

「よう参られましたな」

「どうしたものか、うじうじと考えておりましたが、昨日、お有どのに、武家の奉公の第一は武芸にございます。しっかりと稽古なされませと再び叱咤され、参りました。尚武館に入門の手続きもしておりませんが、稽古をさせていただけますか」

と律儀に応じる柳次郎は緊張の様子で、稽古着姿で竹刀を持参していた。むろん柳次郎はこれまでも何度か尚武館を訪れていた。だが、稽古が目的で訪ねるのは初めてだ。

「品川さん、尚武館の門は武術を志す者にいつでも開いております。ささっ、上がってください」

磐音は柳次郎を道場に案内すると、依田鐘四郎が稽古を付ける初心組のところに連れていった。

「師範、品川さんが稽古に見えました。道場稽古は久しぶりでしょうから、こちらで動きを見ていただけませんか」

と教え上手の鐘四郎に託すことにした。そこでは井筒遼次郎らが必死に基本稽古に汗を流していた。

「畏まりました」

「品川どのは若先生と一緒に幾多の修羅場を潜った猛者《もさ》ゆえ、この場の基本稽古は生温《なまぬる》いかもしれません。ですが、体の錆《さび》落としと思うて付き合うてくだされ。剣術の基本はまずしっかりと形を固めることですからね。悪い癖や動きがあればそぎ落とす、それをやっておくとあとが楽です」

「お願い申します」

柳次郎は遼次郎らと一緒に初心組に加わった。それを見届けた磐音は上級者の指導へと戻った。

一刻(二時間)が過ぎて、磐音は再び鐘四郎の初心組の場へと戻った。

「どうです、品川さん」

「日頃の報いです。たやすいと思うた動きに付いていけず、音《ね》を上げています」

と柳次郎が嘆いた。それでも鐘四郎が、

「さすがは若先生とともに実戦の場数を踏んだ品川どのです。ここぞと思う踏み込みの勘はなかなかのものです」

と褒めた。

「若先生、遼次郎どのの初心組終業試しに際し、品川どのとの立ち合い稽古を許してもらえませんか」

「遼次郎どのの錆は落ちましたか」

「よう頑張られました」

二人の会話を遼次郎も柳次郎も険しい表情で聞いていた。

「よろしい」

磐音の許しで二人は立ち合うことになった。確かに実戦経験は柳次郎が豊富だが、この数か月遼次郎は毎朝尚武館に通い、鐘四郎から直心影流の初歩の形を叩き込まれるように稽古を積んできた。

技の基本は、

「霊剱《れいけん》　右剱左剱」

である。まず木刀を正眼に構え、心を気海《きかい》、丹田《たんでん》におくことを教えられる。気海とは臍下《せいか》一寸、丹田とは臍下一寸五分のところをいう。この正眼の構えこそ千変万化の技に出る構えと考えられた。

「勝つを豫《ほこ》らず負けるを思わず」

無念無想で右剣、左剣と振るう。脳裏に浮かぶ雑念を上段より右剣、左剣に斬り分けて、再び正眼の構えに戻し、真っ向より一太刀で、

「わが妄念の起こるを斬る」

と教えた。これを、

「霊剱を振る」

という。

遼次郎はこの「霊剱　右剱左剱」に始まる伝書訓読をとことん叩き込まれていた。

鐘四郎が初心組の稽古を中断させ、遼次郎と柳次郎を改めて呼び出した。

「この立ち合い三本勝負、最後の三本まで行います。但《ただ》し勝敗に重きを置かず。動きと間こそ重要、これが肝心なことです。両者宜しいか」

「はっ」

「畏まって候」

鐘四郎の指図に二人が応じて互いが黙礼し合い、竹刀を相正眼に構えた。

「えい」

「おっ」

の気合いが響き、構え合った途端、仕掛けたのは柳次郎だ。いきなり遼次郎の小手から胴を抜き、

「胴一本！」

と勝ちの声を開始早々に柳次郎は聞いた。修羅場を潜った駆け引きが道場稽古の遼次郎を凌駕《りようが》した。

再び両者は相正眼に構えた。

遼次郎は一本を先取されたにも拘《かかわ》らず、気海と丹田に息を溜めて集中させた。

柳次郎の、

「えいっ！」

の声に最前より張りがあった。

柳次郎は踏み込むと、
ちょんちょん
と遼次郎の竹刀をいたぶった。だが、遼次郎は動じない。柳次郎がちょんちょんと間合いを取りつつ、小手を狙うことを察した遼次郎は、相手の出鼻をくじくことを策した。

「えいっ！」

と柳次郎が巻き込むように小手を狙い、遼次郎はほとんど同時に面に落とした。互いの体勢が崩れ、両者の打撃は弱かった。

打ち合いになった。

遼次郎は体勢を崩すことなく霊剱の教えどおりに右剣を振るい、左剣に転じ、真っ向に繋げて攻撃を繰り返した。その教えどおりの攻勢に、柳次郎は受けに回った。そして、息が上がるところを、

「面！」

と見事な一本を遼次郎に取られた。

互いに一本ずつを取り、最後の三本目に入った。

稽古不足で息が弾む柳次郎は、正眼の構えを最初から上段へと変え、一気に先制攻撃で面打ちを狙う構えだ。

それに対して遼次郎は不動の正眼をとり、柳次郎の出方を窺った。

数拍の後、互いが動いた。両者死力を尽くしての目まぐるしい打ち合いになった。

柳次郎には実戦の経験が、遼次郎には若さと稽古の蓄積があった。後は意地と気力勝負だ。

長い戦いになり、鐘四郎がかたわらに立つ磐音に囁いた。

「昔の、痩せ軍鶏とでぶ軍鶏の打ち込みを見るようですな」

磐音が思わず笑みを浮かべたとき、柳次郎が最後の力を振り絞って小手から胴へと変化させ、遼次郎は修錬の面打ちを愚直に放った。

音が重なった。

「胴、面、相打ちにござる」

鐘四郎の明確な審判が下された。

双方が竹刀を引き、礼をし合った。

「若先生、講評を願います」

と鐘四郎が磬音に声をかけた。

「もはや二人の体がそれぞれに告げておりましょう。なにが足りぬかを」

「ふうっ」

と一つ息を吐いた柳次郎が、

「若先生、師範、誤魔化してはみたが、真剣なればそれがし、かように口も利けなかったはず」

「いえ、品川様の仕掛けの早さにそれがし躍らされて未熟を露呈しました」

と互いが言い合った。

「品川さん、お有どのの言い付けを守り、三日に一度は尚武館にお通いなされ。どのような刻限でもかまいません」

「稽古の後、入門の手続きを願います」

磬音が頷き、遼次郎に目をやった。

「遼次郎どの、ようも初心組で頑張られたな。明日からは門弟衆に混じっての稽古をなされ」

「はっ」

と顔を紅潮させた遼次郎が畏まった。

稽古が終わったとき、玲圓が道場に残っていた。磐音が近付くと、

「なんぞあったか」

と問うた。

「養父上、過日、駒井小路の帰りに数人の刺客に襲われました。その者たち、ただの武芸者とも思えませぬ。下忍の技を併せ持つ者たちかと思います。その者と思える六人が未明それがしの独り稽古を待ち受けておりました」

「斬り捨てたか」

「今朝は一人に浅手を負わせました」

「そなたが狙いか」

「なんとのうですが、その者ども、桂川さんの屋敷を見張っていたかと思います」

「なんぞ思い当たることがあるか」

「西の丸様を、桂川さんと見習い医師に化けたそれがしが訪ねた折り、われらの行動を逐一監視していた者がございます」

「それが今朝の奴らか」

「はっきりと断定はできませぬが」

「となるとまたぞろ田沼様の手の者か」

「はっ」

と磐音が答え、

「いよいよ牙《きば》を剝《む》き出しにしてきおったか」

と玲圓が呟いた。

第三章　武左衛門の哀しみ

一

山野に自生する薬草から抽出したと思える眠り薬を塗《まぶ》された肉片を与えられた白山号は、その日とろんとした目付きで、けだるそうな様子を見せていた。

速水左近の嫡男杢之助《もくのすけ》と次男右近《うこん》は稽古《けいこ》の帰りに門前で白山と一時《いっとき》戯れるのが日課だが、この日ばかりは白山はのってこない。

「姉上、白山は病気ではありませぬか」

右近が訊いたが、おこんも事情が分からなかった。

右近がおこんを、

「姉上」

と呼ぶのは、短い間ながらおこんが速水家に養女に入り、武家の女としての見習い修行をしたからだ。

磐音から事情を聞かされていないおこんも白山の様子を気遣った。だが、ちょうどそこへ柳次郎と磐音が姿を見せて、

「杢之助どの、右近どの、表猿楽町まで同道しましょうか」

と磐音が兄弟に声をかけた。

「本日は若先生が送ってくださるのですか」

右近が訊いた。

「それがしよりおこんのほうがよいかな」

兄弟は顔を見合わせ、右近が、

「姉上とご一緒ですと、いろいろと楽しいお話をしていただけます。それが稽古帰りの楽しみなのです」

「これ、右近、それでは若先生と同道するのが嫌だと言うているようだぞ」

「兄上は、姉上と若先生とどちらがいいですか」

それは、と言いかけた杢之助が慌てて、

「そのようなことを比べてはいかぬ」

と弟に注意した。

「おこん、お二人を神保小路の出口まで見送ってくれ」

はい、と返事をしたおこんがとろりとした白山号を見て、

「白山の様子がちと訝しゅうございます」

「事情は分かっておる。数刻もすれば元気な白山に戻る。まず心配あるまい」

という答えに右近が、

「白山は病ですか、それとも気分が優れぬだけですか」

「ご案じなさるほどのことではありません。明日、稽古に参られた折りには白山は元気になっております」

と磐音が答え、白山を門前に残して五人は神保小路を東に向かって下り始めた。すでに高く上がった初夏の光が一行の正面から照りつけ、薫風が稽古の後の男たちの頬を撫でていく。

おこんは右近の手を引いていた。

「品川様、お稽古はいかがでしたか」

「それがしが考えた以上に体が動かず愕然としています。今も体じゅうの筋肉がばりばりと音を立てて、なんとも情けない話です」

と柳次郎が苦笑いした。

「おこん、品川さんは元々水戸藩士谷小左衛門《たにおざえもん》様の創始された谷流を、住み込み門弟として学ばれたのだ。しばらく道場に通われればまた動きもよくなり、体力も戻ろう」

「品川様、お有様のお言い付けを守って尚武館にお通いくださいませ」

「それがし、稽古の後、改めて入門の手続きをしましたので、本日から直心影流尚武館佐々木道場の門弟です」

「品川様は、明日から私どもと一緒に依田先生の初心組で稽古をなされます」

と右近が言うのへ、

「それがし、門弟としてはご兄弟の末弟にございます。宜しくお願い申します」

と二人に願うと、弟が、

「万事この右近にお任せください」

と拳《こぶし》で胸を叩いたので、大人三人がにこやかに笑った。

おこんは、結局、表猿楽町の速水家まで速水兄弟を送っていくことになり、常陸土浦藩《ひたちつちうら》土屋家の上屋敷の三辻《みつじ》で磐音らと別れた。

磐音と柳次郎は足を速めて筋違橋御門へと下った。

磐音は、柳次郎がすぐに尚武館に姿を見せなかった事情を稽古の後に知らされた。

竹村武左衛門が、佃島《つくだじま》沖に止まった千石船から横川の船問屋に積み荷を運ぶ力仕事を請け負い、荷揚げの作業中に大怪我《おおけが》を負った。

その始末や世話に柳次郎が走り回っていたというのだ。

そのことを聞き知った磐音は、本所南割下水の半欠け長屋に武左衛門を見舞うことを決め、おこんと相談したのだ。

「なんぞ見舞いの品はあるかな」

「磐音様、すぐには思い付きません。まずお見舞いに行かれて、様子を知ることが先ではございませんか。差し当たって、金子がなによりのお見舞いかと存じます」

大店の今津屋で十年余の奉公をしてきたおこんが、すぐさま奉書紙に小判を包んで磐音に差し出した。磐音はそれを受け取り、

「早速、おこんの気持ちを届けに参ろう」

とその日の内の本所行きが決まったのだ。

柳原土手に差しかかったところで磐音は、殴られ屋の向田源兵衛が商いに出て

いないかと、古着屋が露店を連ねる一角を見回した。だが、源兵衛の姿はなかった。

「若先生」

と過日の騒ぎを見ていたか、顔馴染みの古着屋が磐音に声をかけてきた。

「髭《ひげ》の源兵衛さんの稽古は終わったかい」

「それが稽古を休まれてな。殴られ屋稼業が多忙かと見回していたところじゃ」

「源兵衛さんは、尚武館の客分になったと嬉しそうにわっしらに話していたほどだ。稽古を休んで商いにも姿を見せねえとは、なにかあったのかねえ」

と首を傾げた。

「しばらく、様子を見るといたそう」

磐音はそう答えると、足を止めて待っていた柳次郎に、

「お待たせしました」

と詫《わ》びた。そして、柳原土手から両国橋へ向かう道々、向田源兵衛について語った。

「殴られ屋とは、また変わった商いですね」

「日々の生計《たつき》のための致し方ない大道芸という噂の一方、仇討ちの相手を探すた

めであるという噂も流れているそうな。いずれも定かではありませんが」

「尚武館の客分になられたということは、かなりの腕前なのでしょうね」

「尚武館の門弟でも向田どのと互角に打ち合えるのは十人ほどでしょうか」

「それはお強い」

江戸の町を歩き慣れた二人が一気に両国西広小路を抜け、両国橋を渡り、南本所吉岡町の裏店、半欠け長屋に辿り着いたのは、ちょうど昼餉の刻限だった。

「おい、勢津《せつ》、早苗《さなえ》、酒はないか。薬がないでは怪我も治らぬではないか」

半欠け長屋の木戸口から武左衛門の胴間声《どうまごえ》が響いてきた。だが、声にいつもの力がない。またその声は武左衛門の長屋の隣から聞こえてきた。

「あの馬鹿者が」

と柳次郎が舌打ちした。

怪我は、積み荷の藍玉《あいだま》が、千石船の船腹に横付けした荷船の上に落ちてきて、それが武左衛門に当たり、体の均衡を崩した武左衛門が荷船の船縁《ふなべり》に叩き付けられて胸部と左足を強打したのが因《もと》だ。

すぐに横川の入江町の医師のもとに運ばれて治療が行われた。

命に障る怪我ではなかったが、胸骨に罅《ひび》が入り、大腿部が打ち身で大きく腫《は》れた。その痛みと熱に、さすがの武左衛門も数日は動くに動けなかったとか。ようやく昨日、医師のもとから半欠け長屋に移されたのだという。

「あの分なら命に関わることはなさそうですね」

「こたびの怪我は大したことではないでしょうが、竹村の旦那もいつまでも若くはありません。いつまで力仕事を続けられるわけでもなし、当人がそのことを全く自覚していないところが困りものです」

木戸口に足を止めた柳次郎が友の体を案じた。

「なんとかせねばなりませんね」

二人が言い合ったとき、長女の早苗が、井戸端からうどんが盛られた竹笊《たけざる》を両腕に抱えて姿を見せた。そして、木戸口の二人に目を留め、

「父上、品川様と佐々木様がお見えです」

と叫んだ。すると、

「おおっ、朋《とも》あり遠方より来《きた》るか。早苗、神保小路の若先生は見舞いに角樽《つのだる》でも提げてきたか」

と怒鳴り返す声が応じた。

磐音は、早苗がいつの間に立派な娘に育っているのに驚きを禁じえなかった。

「早苗どの、昼餉の刻限に参ったようだな」

と柳次郎がそのことを気にした。

「父上の容態はいかがです」

磐音が問うと、

「今朝方から急に熱が下がったようで、酒を買ってこいと喚いております。佐々木様、父はもう疾《と》うに四十を過ぎました。いつまでも元気でいられるわけでもないのに、あのように強がりを言い、母を困らせておいでです」

と恥ずかしそうに答えた。

頷いた磐音は、身辺の多忙のため友を省みなかった己を恥じた。

「佐々木さん、こちらへ」

と柳次郎がいつもの長屋ではなく、その隣の戸口に磐音を案内した。

「あの体です。長屋に昼間から寝ていられては、勢津どのが内職もできません。偶々《たまたま》隣の住人が引っ越して空《あ》いていたところを、大家の厚意で寝間に借り受けたのです」

柳次郎はどうやらこのような交渉事に奔走していたようだ。

二人が戸口に立つと、薄い布団に半身を起こした武左衛門が磐音を見て、

「なんだ、見舞いの品もなしか。気が利かぬではないか、佐々木の若先生」

と悪態をついた。

武左衛門の寝巻の下から胸部に巻かれた白布が見えた。薬を塗布して白布で固定しているのであろう。また投げ出した左足も腫れているのか、盛り上がっていた。

「案じていたよりもお元気そうでなによりです」

磐音の言葉に武左衛門が、

「あちらこちら、体にがたがきておる。こたびの怪我で古傷が痛み始めた。老武者竹村武左衛門、もはや命運が尽きたようだ。若先生、それがしが死んだら、亡《な》き骸《がら》にたっぷりと酒を振りかけてくれぬか。尚武館の婿どのならそれくらいの融通は利こう」

「おまえ様、お二人を土間に立たせたままの悪口雑言、怪我人とも思えませぬ」

と隣から女房の勢津が姿を見せた。

「時分どきに邪魔をいたしました。とりあえず様子伺いにと思うて参りました」

ふうっ
と小さな溜息をついた勢津が、

「うちの人もいつまでも若くはございません。それなのに同じ間違いばかりを繰り返しておいでで、情けなくなります」

「勢津どの、竹村さんはよう頑張っておられます。こたびのことも仕事中の怪我、雇い主も事情を考慮してくれましょう」

勢津が顔を伏せた。

「それが」

と柳次郎が磐音に言いきれなかったことがあったか口ごもった。

「佐々木様、うちの人が怪我をしたとき、明け方まで飲み食らった酒の酔いが残っていたのです。怪我を引き起こした原因はうちの人にあると、品川様は親方から嫌味を言われ、怪我の治療費など出せるものかと散々怒られたそうで、気の毒なことをしました」

磐音は武左衛門を見た。

「いや、親方はそう申すが、それがしの酔いはすでに抜けておったのだ。それを親方も荷主も、怪我をしたのはおれの酒のせいだとぬかしおった。それもこれも、見舞い金も医師の払いも出したくない魂胆だからじゃ。若先生、ひどいとは思わぬか。そうだ、柳次郎、若先生を伴い、もう一度掛け合いに行ってくれぬか。尚武館の名を出せば小粒の一枚や二枚は出そう」

「ば、馬鹿者が！」

柳次郎の怒声が長屋の破れ障子を震わせた。

「そなた、勢津どのに何度このような思いをさせれば済む。われらが共になりふり構わずの日雇い仕事をしていた時代は終わったのだぞ。佐々木道場に入った佐々木さんには、尚武館の若先生としての体面というものがある。そのお方に用心棒の如《ごと》き真似をさせようというのか」

日頃は大人しい柳次郎が烈火の如く怒った。

武左衛門が首を竦めた。

「いかにもさようです。おまえ様一人が、昔馴染みのご友人のお立場も考えずに甘えておいでです」

と勢津も柳次郎に同調して、言い募った。しばらく首を竦めて沈黙していた武左衛門が、

「悪かったな、柳次郎、勢津。忘れておったわ。柳次郎は屋敷をおん出た父親と兄に代わり、七十俵五人扶持の御家人の当主におなりになった。坂崎磐音は川向こうに参り、江都一の尚武館佐々木道場の跡取りにご出世か。友はえらくなった

ものよ。それに比べてこちらは相も変わらぬ日雇い暮らし。相すまぬのう、迷惑をかけて」

と答えるや夜具の上にごろりと寝て夏掛けで顔を覆った。

「おまえ様、情けのうございます」

勢津が肩を震わせて泣いた。そこへ早苗が盆に茶を運んできた。

「父上」

となにかを言いかけた早苗は、茶を上がりかまちに置くと、

さあっ

と出ていった。その直後、薄い長屋の壁を通してすすり泣く声が聞こえてきた。

ふうっ

と柳次郎が息を吐き、磐音は、

「頂戴します」

と早苗が淹れた茶を喫するために茶碗を取り上げた。そして、呼吸を鎮めて言った。

「竹村さんは未だ怪我の最中、高熱にうなされておいでのようで未だ尋常には復しておられぬ。品川さんも勢津どのも、心にもない言葉を辛抱してくだされ。勢

津どの、日を改めてまた参ります」

と言って、おこんが用意した包みをそっと勢津のほうに押しやった。それを横目に見た柳次郎が、

「よいな、旦那。いつまでも甘えるでないぞ」

と武左衛門に言い残した。

「竹村さん、また参ります」

磐音と柳次郎は溝板《どぶいた》を踏んで木戸口に向かった。すると武左衛門の、

「なんだ、五両も包んであるではないか。それならそれで早く出せばよいものを、佐々木磐音も気が利かぬわ」

と応じる声と、勢津の、

「おまえ様、またそのようなことを。情けなや」

という声の後に泣き声が続いた。

陽射しの下、磐音と柳次郎は黙々と歩いていた。

どこに行こうというのではない。竹村武左衛門の心中を慮《おもんぱか》る心が欠けていたことを悔いていた。

柳次郎に、

「御家人なんぞの当主になるのは苦労するだけだぞ。堅苦しいだけの武家奉公なんぞさらりと忘れろ」

と繰り返し告げていたという武左衛門だが、柳次郎が品川家の当主になったことも、磐音が鰻割《うなぎさ》きの仕事を辞めて佐々木家の養子となったことも、胸に応えていたのだ。

そのことを痛切に思い知らされた二人だった。

磐音と柳次郎はいつしか、横川の法恩寺橋際にある地蔵蕎麦《じぞうそば》の前に来ていた。

「おや、佐々木様に柳次郎さんじゃございませんか。どうなさいました、二人して沈んだ顔をなされて」

と地蔵蕎麦の主《あるじ》にして、南町奉行所の定廻《じょうまわ》り同心木下一郎太《きのしたいちろうた》から御用聞きの鑑《かん》札《さつ》を戴く竹蔵《たけぞう》親分が釜《かま》の前から訊いた。その声に誘われるようにふらふらと暖簾《のれん》を潜《くぐ》る磐音と柳次郎に、

「ははあ、分かりましたぜ。竹村の旦那のところに見舞いに行って、呆《あき》れ返ったところだね」

柳次郎が地蔵の親分に、

「酒が飲みたくなった。冷やでいい、酒をください」

と注文した。

二

大工の棟梁銀五郎親方から贈られた白桐の苗木に、穏やかな光が当たっていた。薄紫色の清楚な花を見ながらおこんは、珍しく酒に酔って帰ってきた磐音の身を案じていた。

川向こうでなにがあったのか。離れ屋に戻るなり、

ふうっ

と大きな息を吐いた磐音は、

「おこん、水をくれぬか」

と願い、おこんが差し出した茶碗の水を沈んだ表情で飲み干すと、

ばたん

と床に転がるや眠りに落ちた。そして、夜中磐音は、

「すまなかった」

とか、

「ついわが身ばかりに目が行って」

とか言い訳めいた言葉を洩らした。

だが、朝はいつものように起きると稽古着で道場に出て独り稽古をし、さらには門弟衆への指導と精を出す気配が、離れ屋と母屋の間の庭にも伝わってきた。

不意に人の気配がした。

おこんが顔を上げると、品川柳次郎が庭先に、無精髭《ぶしようひげ》の顔に濃い疲労と後悔を滲《にじ》ませて立っていた。そして、柳次郎の体からも酒の臭《にお》いが漂ってきた。

「あら、稽古ではなかったのですか」

柳次郎は本所北割下水から普段着で駆け付けた様子があった。

「おこんさん、本日は稽古日ではありません。ですが、昨日、佐々木さんに深酒を付き合わせたことを詫びに参りました」

「あら、そんなこと」

「昨夜《ゆうべ》、戻られてなにかお話しになりましたか」

おこんは顔を横に振ると、

「床に入った後、うわ言でどなたかに謝っておいででした」

柳次郎が、やはりそうか、と呟くと、

「昨日、竹村の旦那のことで、われらつい深酒をしてしまいました。酒に誘ったのは私です。おこん様に申し訳ないことをしたのですぞと、母にも叱責《しっせき》されて詫びに参りました」

「竹村様のお怪我の具合、重いのですか」

「いえ」

と顔を振った柳次郎が、昨日の出来事をすべて語り聞かせた。

「そうでしたか」

とおこんは応じると、胸の中《うち》に淀《よど》んでいた悩みが、
すうっ
と氷解するのを感じた。

「品川様、よう知らせてくださいました。稽古ももう終わるでしょうから、どうぞお上がりください」

と柳次郎を誘《いざな》った。

「いえ、おこんさんにお会いして詫びれば、私の用事は終わりです。本日はこのまま戻ります」

柳次郎がそそくさと神保小路から本所北割下水に戻り、その半刻（一時間）後

に磐音が離れ屋に姿を見せて、

「おこん、母屋で水風呂を浴びる。着替えを頼む」

「すぐにお持ちします」

磐音が稽古着のまま母屋に向かった後、おこんは、磐音が稽古の汗とともに鬱々《うつうつ》とした思いを流し、気持ちを切り替えたようだと感じた。下帯から肌着、絣《かすり》を湯殿に持参すると水を被る音が何度も響いてきた。

「着替えをお持ちしました」

水音がやんだ。しばらくの沈黙の後、

「昨夜はすまなかった。武士としたことが酒に酔い食らい、醜態を見せてしもうた。当分、酒は慎もう」

と言った。

「そのようなお気遣いはご無用にございます」

磐音の返事はすぐには戻ってこなかった。

「先ほど品川様がお見えになり、深酒をなさった事情を詫びていかれました」

「なにっ、品川さんが」

「持つべきはよき友にございますね」

「おこんもそう思うか」

「はい」

「品川さんは、それがしにとって得難き友じゃ」

「品川様にとっても、佐々木磐音は大事な友にございましょう。そして、竹村様も」

「その竹村さんのことを忘れておった」

「お一人、取り残されたようなお気持ちになったのでございましょう」

磐音から返事はなかった。

朝餉を四人一緒に母屋で食した。

「昨夜はだいぶ遅かったようですね。白山と戯れている声が伝わってきました」

とおえいが磐音に笑いかけた。

「季助どのや利次郎どのらを夜分に起こしてしまいました。なんとも情けない所業にて、おこんにも不快な思いをさせました」

「詫びは済んだのですか」

「最前、許しを得たところです。養父上《ちちうえ》にも養母上《ははうえ》にも相すまぬことでした」

と磐音が義父母に頭を下げた。

「養父上、養母上、お酒を飲まれた事情を、品川柳次郎様よりお聞きしました」

とおこんが言った。

「ほう。品川どのは本日稽古には姿を見せなかったようだが」

玲圓の言葉に頷いたおこんは、柳次郎から齎《もたら》された竹村武左衛門の切ない胸中を語った。

「そうか、そのようなことがあったか」

「地蔵の竹蔵親分も付き合うてくれました」

「浪々の身とは申せ、竹村武左衛門どのは一廉《ひとかど》の武士、一家の長である。友二人の身に変化が生じたゆえ取り残された気持ちになるのは分からぬでもない。だが、それを面《おもて》に表してはならぬ。それが武士の矜持《きょうじ》である」

「竹村どのもそれは分かっておられるのです」

首肯した玲圓が、

「磐音、そなた、どう考える」

「養父上が言われるとおり、新しい境遇は竹村どののお一人の力で切り開くしかございますまい」

「いかにも」

「ですが、今の竹村どのには叶いますまい。また家人に責任《せめ》はございませぬ」

座にしばし沈黙があった。

おこんが言い出した。

「養父上、私、近々お見舞いに参ろうかと存じます。いえ、竹村様ではなく勢津様へのお見舞いです。さすれば、なんぞお身内にお手伝いができるかどうか分かろうかと存じます」

「それも手よのう。じゃが、あまり竹村家に気持ちの負担をかけてもならぬぞ」

玲圓がおこんを諭《さと》し、おえいが膝を打った。

「おこん、深川を案内《あない》してくれませんか。一度宮戸川で鰻を食したいのです。そのついでに、そなたが竹村家を訪ねるというのはどうです」

「ならば、養母上、今津屋のお佐紀《さき》どのをお誘いしても構いませぬか。前々から頼まれていたのです」

と磐音が言い出し、おこんが、

「それなら品川家の幾代様もお誘いしてはいかがでしょう」

「それは賑やかでようございますな」

とおえいが受けて、おこんが、

「善は急げと申します。明日ではいかがですか」

と女たちの間でとんとん拍子に話が決まり、磐音が今津屋と品川家に使いをすることになった。

昼下がり、柳原土手の古着屋が集まる一角には、今日も向田源兵衛の姿はなかった。

磐音は一抹の寂しさを感じながら両国西広小路の雑踏に入っていた。

今津屋の分銅看板に光があたり、店頭には相変わらず客がひっきりなしに出入りしていた。

「ご免」

と声をかけて磐音が今津屋の店先に入ると、帳場格子の中で由蔵が眼鏡《めがね》越しに往来を見て、何事か物思いに耽《ふけ》る様子があった。

「老分どの、ご機嫌はいかがですか」

「おや、まあ、佐々木様。ついぼんやりと考え事をしておりまして失礼をばいたしました」

「老分どの、珍しゅうございますな」

「歳を取ったせいでしょうか。近頃、ぼおっとしている時がございます」

「日頃から老分どのの両肩には、今津屋の商いがずっしりとのしかかっておりましょう。時に息抜きを考えるのもお店のため、また老分どののためでござる」

「そうですね」

と応じた由蔵が、

「本日はなんぞ御用ですか」

と訊いた。

「お佐紀どのにいささか相談が」

「ならば様子を伺うて参ります。内玄関へお通りください」

と由蔵が気軽に立ち上がった。

磐音はとくと承知の三和土廊下へと回り、内玄関から廊下へ上がり、由蔵の返事を待つために台所の板の間に向かった。

昼餉の後始末が終わった刻限で、女衆《おんなし》がのんびりと茶を喫していた。

「おや、佐々木様、茶を淹れようか」

と今津屋の台所を仕切るおつねが言った。

「お内儀どのの都合がよければ奥へ通らせていただく。お気遣いめさるな」

と答えたところに、

「佐々木様、どうぞ奥へ」

とおはつが迎えに姿を見せた。

「おはつちゃん、元気そうじゃな」

「お蔭さまで元気に過ごしております」

言葉遣いも立ち居振る舞いも大店《おおだな》の奥向きの女中に成長したおはつに案内され、中庭を四周する回り廊下の西側を行くと、庭の木々が新緑に彩られて磐音の目に眩しかった。そこへ一太郎の機嫌のいい声が聞こえてきた。

「お内儀様、佐々木様にございます」

開け放たれた居間の真ん中に置かれた揺り籠《かご》から一太郎の笑い声が響き、まるで好々爺《こうこうや》然とした由蔵があやしていた。

磐音は廊下に座した。

「ようこそいらっしゃいました。佐々木様、一太郎の顔を見てやってください」

涼しげな絣木綿《もめん》を着たお佐紀が磐音を迎えた。磐音は会釈をすると揺り籠のかたわらに寄った。

「おお、一段と大きくなられたな」

「腕に抱きますと、ずしりと重うございます」

　とお佐紀が答え、由蔵が、

「目鼻立ちはお内儀様そっくりですな。骨格のしっかりとしたところは旦那様の幼いときに似ておられる。早くお歩きになるといいのだが」

　と笑みを湛《たた》えて覗き込んでいた。その表情は、最前帳場格子の中でうつろな眼《まな》差《ざ》しを見せていた顔とは一変していた。

「老分さんは一日に何遍となく一太郎の様子を見に来られては、早く立ちなされ歩きなされと注文をつけられますが、いくらなんでも半年にもならぬ子が歩くものですか」

　とお佐紀が苦笑いをした。

　おはつが茶菓を運んできた。その挙動にも余裕が感じられる。

「お佐紀どの、本日はそれがし、養母とおこんの使いにございましてな」

　と磐音は用件の次第を申し述べた。

　お佐紀の顔が弾けて満面の笑みが浮かんだ。

「なんと嬉しい知らせにございましょう。参りますとも」

　と二つ返事でお佐紀が言った。

「私、小田原育ちで江戸は未だ不案内《ぶあんない》です。ぜひ、おえい様とおこん様の深川行きに同行させてくださいませ。むろん宮戸川の鰻も楽しみですが、話に聞く富岡《とみおか》八幡宮《はちまんぐう》など参詣《さんけい》しとうございます」

とお佐紀が注文を付けた。

「となると、歩いては無理ですよ。こうなされませぬか。川清で船を雇い、あちらこちらと見物しつつ、昼時分に船を六間堀の北之橋に着けるというのは」

と由蔵が知恵を出した。

「船なら、本所深川を半日で見物できますか」

「お内儀様、本所深川と一言で申しましても、なかなか広うございます。ですが、名所のいくつかは回れましょう」

「佐々木様、ぜひおえい様とおこん様に、船で本所深川見物に参りませんかとお願いしていただけませんか」

由蔵の言葉に頷いたお佐紀が磬音に願った。

「養母は普段外に出る機会が少のうて、船にしていただくとそれがしも安心です」

「となると、あとは日にちですね」

「うちでは明日でもよいと申しております」

「私も、今日であっても参ります」

と女たちの考えが一致して、由蔵が早速船の手配をした。

磐音が奥から台所に戻ると、船の手配を済ませた由蔵が台所に姿を見せた。

「一太郎様をお連れすることになろうかと思いますので、屋根船にいたしました」

「養母上がきっと大喜びなさいます」

「昌平橋際に五つ（午前八時）の刻限、小吉さんの船を待たせておきます。その後、浅草御門下、大川を渡り、横川に入って北割下水の東詰で幾代様をお乗せするというのでいかがです」

「お願い申します」

と頭を下げる磐音に由蔵が、

「こちらはよいが、竹村様の今後の身の上ですな」

「養父は、一廉の武士の行状、当人が自覚して切り開くしかあるまいと申しておりました」

「いかにもさようです。ですが、お身内がお可哀想《かわいそう》ですな」

「一番下はまだ七つの男子にござれば、四人の子を抱える勢津どのの苦労が察せられます」

「町人ならば上の娘を奉公に出すという手もございましょうが、竹村様がそれはお許しになりますまい。あのお方は武家で生きることをまだ諦めておられません。どこかに仕官の口があればと考えておられます」

と由蔵が言い切った。

「物心ついたときから両刀を手挟《たばさ》んできた者は、なかなか綺麗《きれい》さっぱりとは未練を捨てきれないものです。竹村さんも、老分どのが見抜かれたように刀への拘《こだわ》りがございましょう」

「ですが、かようなご時世、家臣を募る大名家や旗本はございません。まあ無理をすればどこぞに押し込めないこともございますまいが、決してそれがよいこととは思えません」

「老分どの、こちらのお力に縋《すが》る話ではありません。なんとしても竹村さんにしっかりしてもらわねばなりません」

と磐音が応じると、

「ふむ、待てよ」

と由蔵が言い出した。

「なんぞ知恵が浮かびましたか」

「ご長女はおいくつと言われましたな」

「確か十三かと思います」

「ならばご奉公に出されれば幾分の助けになりましょう」

「最前言われたように、町屋は竹村さんが許されまい」

「ですから、武家にご奉公に出されればよいのです」

「行儀見習いで、それなりの俸給を出す屋敷がありましょうか」

「お屋敷ではございません。尚武館です」

「うちでござるか」

「ただ今の尚武館では、男衆の手も女衆の手も足りますまい」

「尚武館は住み込み門弟が手助けしてくれますし、女衆は確かに飯炊きの婆様くらいしかおりませんが、おこんもいれば養母上も元気です」

「いえ、おこんさんにお子が生まれれば手不足になります。この際です、竹村家と娘さんがその気ならば、お雇いなされませ」

と由蔵が言い出した。

「言われてみれば女衆が少ないのは確かですね。戻って二人に相談してみましょう」

磬音は由蔵の思い付きを一家で話し合うことを告げ、今津屋を辞去すると、両国橋を渡った。

品川家では柳次郎が頭に鉢巻をして、幾代と一緒に虫籠作りに精を出していた。

「おや、佐々木様。昨日は柳次郎が酒を無理強いしたそうで、ご迷惑をおかけいたしました」

「いえ、それがしも同罪です」

「佐々木さん、飲み過ぎて頭が痛い。それで水に浸した手拭《てぬぐ》いを鉢巻にしています。自業自得とはいえ、ひどい酒を飲みました」

「二人して竹村どののことを思案して深酒とは、お気の毒を絵に描《か》いたようです。あのお方は放っておきなさい」

「母上、そうもいきませぬ」

ものを言うと頭痛がするのか、柳次郎が顔を顰《しか》めて言った。

「幾代様、本日はいささか願いの儀があって罷《まか》り越しました」

と前置きした磬音が幾代へ用件を述べた。

「まあ、船で深川見物の上に宮戸川で昼餉とは、なんと贅沢《ぜいたく》な話にございましょう。ですが、内職の日限も迫っておりますゆえ、柳次郎一人にさせるわけには参りませぬ」

「母上、明日はお有どのが参られます。どうかお誘いを受けられて、偶《たま》には私どもを二人だけにしてください」

「なんと早、そのように母を邪険になさるか。よいよい。おえい様のお招き、有難くお受けいたします。嫁に甘い倅から追い出されたと皆様に訴えます」

と満面の笑みで幾代が言い、女だけの深川見物と宮戸川での昼食《ちゆうじき》が決まった。

三

四半刻（三十分）後、磐音は宮戸川の帳場座敷で鉄五郎親方と顔を合わせていた。

「親方、過日は世話になりました」

と前置きして、桂川国瑞の御薬箱持ちに扮《ふん》して自ら届けた経緯《いきさつ》を語った。

「ほう、さすがは佐々木様。おやりになることが大胆にございますな」

とにんまり笑った。

「いいえ、桂川さんの発案にござってな。それがし、それに乗せられただけのことにござる」

「それにしても鰻の出前に西の丸とは、並の人がやるこっちゃございませんぜ。そこまでしてお届けになった鰻、お口に合いましたかねえ」

「親方、口に合うどころではない。大変なお喜びようでな、この次はこの宮戸川に案内せよと命じられましたぞ」

「驚き桃の木山椒《さんしょ》の木だ。有難いこった」

「親方、宮戸川にとっては嬉しい話だが、表に出すことはできぬ」

「合点承知之助だ。口が裂けたって女房にも話しませんぜ」

そこへ女房のおさよが茶を運んできて、

「おや、女房にも話せないことってなんですね」

「馬鹿野郎、男同士の話に聞き耳立ててるんじゃねえ」

「おまえさんの声は竹村様並みの大声ですよ、勝手に耳に飛び込んできたんですよ」

「亭主が外で女を囲うって話だ。うだうだ言うねえ」

「呆れた。佐々木の若先生とそんな話ができるもんですか」

「女将《おかみ》さん、それがし、頼みがあって参りました。急な話ですが、お聞き届けいただければ有難い」

「なんですね、改まって」

磐音が、佐々木えいの発案から急遽《きゆうきよ》決まった女たちだけの宮戸川訪問を夫婦に告げた。

「おまえさん、なんとも嬉しいお話ですね」

「座敷を一つ空けて待ってますぜ」

「近頃、宮戸川はいつも客が待っておられる。無理はせずにいただきたい」

「確かに、乗り付けた舟で待たれるお客が増えました。夕暮れからは込み合いますが、昼間はなんとでもやりくりがつきますのさ」

と鉄五郎が請け合い、

「なんでも、竹村の旦那が怪我をしたってね」

と話柄を変えた。

「ご存じであったか」

「本所といっても南割下水ですよ。旦那の動静は筒抜けでさ」

と答えた鉄五郎が、

「いえね、竹村の旦那の長女がさ、昨日、うちを訪ねてきて、通いの小女《こおんな》に雇ってくれないかとの掛け合いだ。それで事情を知ったんですよ」

「早苗どのがこちらに来られたか。両親と相談の上であろうか」

「それが内緒だってんで、うちではまず親の許しを得てきなせえと説得して帰したところですよ」

「そうでしたか」

早苗がそこまで考えているならば、やはり早急に動いたほうがよさそうだと磐音は考えた。

「今津屋の老分どのが竹村家の窮状を案じて、早苗どのにその気があるならば尚武館で雇われませんか、と言われたばかりです」

「やはり父親のていたらくに皆さん動いておられましたか。浪人でも竹村さんは武士だ。やはり屋敷奉公がなによりだ。こりゃうちが出る幕じゃなさそうだ」

「親方、竹村家と早苗どの自身の考え次第で宮戸川の話もまだ残っております。しばらく様子を見てくだされ」

と磐音は願って茶碗に手を伸ばした。

磐音はその足で本所南割下水に戻った。すると半欠け長屋の木戸口で早苗とばったり会った。

早苗は手に貧乏徳利を抱えていた。

「竹村さんの怪我の具合はいかがかな」

「はい。お蔭さまでだいぶよくなりました。そのせいで、酒を飲ませろと母に強く迫られて」

と腕に抱えた貧乏徳利に視線を落とした。

「父御の気持ちをわれら考えなさすぎたようじゃ」

「いえ、それは違います。父は皆様の気持ちに付け込んで無理を言うておられるのです。世間にも佐々木様方にも自分にも甘えておられます」

「そなたにちと話があって参った。話ができるかな」

「酒屋に参る道々でようございますか」

「構わぬ」

二人は肩を並べて横川のほうへと歩いていった。

「それがし、ただ今宮戸川に立ち寄ったところじゃ」

早苗が磐音を見上げた。顔に切なげな表情が漂った。

「親方からお聞きになりましたか」

「宮戸川に通いの奉公に出ようと思うたは、母御を思うてのことだな」

早苗が今度は磐音の視線を避けて顔を伏せ、こっくりと頷いた。

「なぜ宮戸川を考えられた」

「坂崎様が、いえ、佐々木様が鰻割きのお仕事を続けながら出世なさったお店です。そのようなお店なら私も安心して働けるかと思いました」

「なぜ通いと願われたな」

早苗はすぐに返事を返さなかった。しばらくして重い口を開いた。

「母は、話せば私の気持ちを分かってくれましょう。ですが、父は近頃一段と頑固になられました。この話、聞く耳など持たないと思います。それでしばらくは内緒で通いの奉公ができないかと親方にお頼みに上がったのです」

「父御が許されれば、住み込み奉公でもするおつもりか」

「そのほうが、お店も都合が宜しいかと。私だけ通いなんて、我儘でございましょう」

「父御は、そなたが行儀見習いを兼ねて武家奉公をすると言うたら、どのような返事をなさると思うな」

それは、と返事をしかけた早苗が、

「このご時世です。そのようなお屋敷があるとも思えません」

二人の行く手に法恩寺橋が見えてきた。

屋敷奉公は元々嫁入り前の町屋の娘が、ひととおりの行儀作法を身につけるためにというのが始まりで、給金は二の次だ。ために大店の娘などが屋敷奉公に出るのが普通で、裏長屋住まいの娘が給金目当てに出ることなどまずない。

「あるならば、そなた、父御や母御のもとを離れて勤める覚悟があろうか」

早苗は慎重な性格か、磐音の申し出を胸の中で問い直していた。そして、はっ、と顔を上げると、

「給金はいただけましょうか」

と恥ずかしい気持ちを打ち捨てて磐音に問うた。

「世間並みには出すことはできよう」

「どちらのお屋敷かお訊きしてもようございますか」

「早苗どの、それがし、屋敷奉公と申したが、正しくは屋敷奉公とはいささか違う」

磐音の返事を聞いた早苗の表情が暗く沈み、

「やはり、行儀見習いをさせて給金をくださるようなお屋敷などございませんよね」

と力なく言った。

佐々木家の意向を聞いた上の話ではないため、磐音はこの場で早苗に、

「尚武館ではいかがか」

と提案することはできなかった。

「そなた、明後日の昼過ぎ、神保小路の尚武館を訪ねてこられるか」

「奉公の話ですね」

「いかにもさよう。すぐに奉公先の名を上げられぬのは、相談したき人々がおられるからじゃ」

頷く早苗に磐音は訊いた。

「そなた、あの界隈を承知か」

「母と、古着市の開かれる柳原土手まで参ったことがございます」

「神田川をさらに数丁上れば、筋違橋御門前の八辻原《やつじがはら》に辿りつく。そこから武家地が始まるが、屋敷前にはどこも門番が立っておられる。神保小路の尚武館と問えば、およその門番が知っておられる」

はい、と答えた早苗は、

「参ります」

と決然と答えた。

夕暮れの刻限、尚武館の門前で賑やかな声がしていた。

重富利次郎ら住み込み門弟が白山の散歩から戻ったばかりのようで、白山は凄《すご》い勢いで水を飲んでいた。

稽古着姿の利次郎らの顔にも汗が光っている。中には木刀や竹刀を携えた者もいた。

「夕稽古に付き合えずすまなかった」

と詫びる磐音に、

「若先生、お帰りなさい」

と応じた利次郎が、

「白山の散歩を兼ねてわれら、神田川を越えて湯島天神から神田明神界隈を半刻ほど走って参りました」

「それで汗みどろか。足腰を鍛えるには走るのが一番じゃ。よう考えたな」

と褒めた磐音は、

「そなたらに聞かせる話がある。若手だけの試合をし、順位をつけようと思う。これは勝ち敗《ま》けが重要ではない、各人がどれほど進歩成長したかに意味がある。すでに養父上のお許しは得てある」

利次郎らが歓声を上げた。

「若先生、勝敗を付けるのですね」

「そのほうが目標も定まり、競争心も湧《わ》こう」

「それはそうです」

と利次郎が胸を張った。

「なんだ、利次郎。そなた、もはや第一等になったつもりか」

と仲間にからかわれた利次郎が、

「むろんそのつもりだ」

と胸を突き出した。

「稽古の終わりに、相手を替えての若手だけの対抗戦を行う。対戦相手は毎日替わる。その結果を踏まえて、晦日《みそか》に勝率がよい順に十人ほどを選び、改めて勝ち抜き戦を行い、その月の順位を決定する」

「いつから始まるのですか」

「あと三日で月も替わる。新しい月から毎朝相手を替えての対抗戦が始まると思え。よいな」

「よし」

俄然《がぜん》、利次郎らが張り切った。


この日も母屋で四人は一緒に遅い夕餉を食することになった。磐音が望んでそうなったのだ。その席でおえいがまず切り出した。

「どうでしたな、お佐紀さんのご返答は」

「ご心配なく。二つ返事で明日の本所深川巡りと宮戸川での昼食が決まりました。養母上、知らない土地を徒歩《かちあり》きするのは思いの外疲れるものです。そこで老分どのの発案で屋根船を雇い、水上からあちらこちらと見物することが決まりました」

「なんですと、屋根船で名所見物ですか。それはまた贅沢な」

とおえいの顔がいよいよ綻び、

「五つ前に川清の船が昌平橋際までお迎えに参ります。そこから養母上とおこんは乗り込めばよいのです。あとは川清の船頭が呑《の》み込んで案内してくれましょう」

おえいが玲圓に言った。

「おまえ様、明日一日贅沢させてもろうてようございますか」

「人間、時に息抜きも要るでな、おこんともども楽しんで参れ。こちらは男だけで精々羽を伸ばすわ」

玲圓の冗談に満面の笑みで応えたおえいが、

「おこん、召し物を今晩じゅうに決めねばなりませぬな。そなたは今津屋の奉公で出慣れておいでゆえすぐにも決まりましょうが、私は慣れておりませぬ。ついあれこれと迷うてしまいます。おこん、そなたが決めてくださらぬか」

「養母上は着上手にございます。どれを着られてもお似合いです」

「とは申せ、選ぶほどの着物を持ってはおりませんがな」

と箸を休めるおえいはすでに迷いの最中にあった。

「養母上、品川幾代様にもご了解いただき、宮戸川には座敷も用意してございます」

「それは大変にございましたな」

とようやく返事をしたおえいだが、どこか上の空だ。

「養母上、その一件は後々とくとお考えいただくとして、もう一つ相談がございます」

と磐音が話題を変えた。

「まだこの他になにか」

「竹村家のことにございます」

と前置きした磐音は、急転した話を三人に告げた。

「なに、竹村どのの長女を佐々木家に奉公させよというか」

「養父上、差し出がましくもちと贅沢にございましょうか」

玲圓はしばし沈黙した。そして、顔に笑みを浮かべ、

「磐音、そなたらが参って、われら年寄り二人だけの佐々木家が急に明るうなった。それで気付かされたことじゃが、おえいとそれがしの老夫婦だけでは滅多に会話もなかった。おこんが来て、つくづく家とはなにか分かったところでな。磐音もさることながら、おこんがこの家におるとおらぬとでは天地ほどの違いがある。まして竹村家の助けになるとなれば、ぜひともそういたせ」

と答えた玲圓が、

「おえい、娘ひとり雇うくらいの余裕はあろう」

と念を押した。

「念願の道場の改装も終わり、思いがけなくも離れ屋までできました。その家でこうして二人が所帯を持っております。差し当たって大きな出費もありませぬ。娘の一人や二人、どうとでもなります。またおこんがやや子を身籠《みごも》るような際、手伝いの娘がいてくれれば大いに助かりましょう」

相分かった、と玲圓が答え、

「明後日、娘が参り、互いが得心いたさば竹村どのの娘を雇い入れようか」

磐音は武左衛門がどう返答するか、それが今一つ不安だった。しかし早苗がその気ならば、なんとしても武左衛門と勢津に納得してもらわねばなるまいと思った。

「おまえ様、よい機会にございます。うちの内所をおこんに託したいのですが、宜しゅうございますな」

「われらもおいおい隠居仕度をしていかねばなるまい。尚武館も佐々木家の暮らしも、若い二人の手に順々に任すがよかろう」

と玲圓が言い添えた。

「おこん、そなた、あまり言葉を挟《はさ》まなかったが、早苗どのがこの家に奉公することに異存があるのではないか」

磐音は次の間で寝化粧をするおこんに寝間から声をかけた。

「異存などあろうはずもございません」

「そうか、ならばよいが」

「磐音様、私どもがこちらに入ってから、養父上様も養母上様も心なしか若返られたと思いませんか」

「養父上は元来笑みなどあまり浮かべぬお方であったが、近頃よくお笑いになるな」

「笑うのは心身が健やかなせいでございましょう」

おこんが白地の浴衣《ゆかた》に帯を胸高に締めて、磐音の隣に敷かれた夏布団に滑り込んだ。

「ただ」

「ただ、どうした」

「この一件、竹村様がうんと言われるかどうか」

「意外に寂しがりやだからな。奉公とは申せ、早苗どのを手放されるかどうか、そこが今一つ不安なところだ」

「まず、早苗様がお一人で見えられるか、お二人で見えられるか」

「竹村さんは怪我で臥《ふ》せっておられる」

「いえ、私が申すのは勢津様のことです」

「勢津どのには本日のこと相談いたすであろうな」

「私、今津屋に奉公する折りもその後も、何度も母が存命なればと思うたことがございます」

「父親では相談にならずか」

「私も早苗様も女にございます。男親ではどうも」

磐音の手がおこんの箱枕の下へ伸ばされ、項《うなじ》を腕で抱えた。

「おこん」

おこんの体が磐音の胸に引き寄せられた。磐音の鼻腔《びこう》に芳《かぐわ》しいおこんの香りが漂って顔と顔が重なり、初夏の宵がゆるゆると更けていこうとしていた。

四

「行って参ります」

と尚武館の玄関先でおえいの声が響き、そのことを気にしていた磐音は稽古をつけていた門弟に、

「しばし待ってくれぬか」

と稽古の中断を願った。

「尚武館」

の扁額《へんがく》の掛かる式台に出てみると、白地の絣模様の夏小袖《なつこそで》を着たおこんと、どこか勇み立った様子のおえいが出かけるところだった。

「養母上、いささか刻限が早うはございませんか」

おえいが振り向き、

「昌平橋下に船が着くのは五つにございましょう。早うはありませぬ」

と言った。

「未だ六つ半（午前七時）時分と思いますが」

磐音は式台から下りて陽を確かめた。

「磐音様、養母上は七つ（午前四時）過ぎからこのご様子とのこと。引き留めるのはもはや無理にございます」

「そうか、ならばゆっくりと表猿楽町へと下ることだ。万事呑み込んだ川清のこと、早めに来て待っておるやもしれぬ」

磐音は二人を見送って門前に出た。老門番の季助と白山も見送るつもりか、

「おこん様とお揃いでお出かけですか、おえい様」

「季助、本日は後学のために本所深川巡りです」

「ほう、後学のために川向こうをですか」

季助爺が目をしばたたいた。

「人は死ぬまで勉強ですぞ。私もこの二人が来て時に余裕ができました。そこで一念発起してあれこれ経験することにしたのです。本所深川巡りは最初の勉強です」

おえいの勢い込んだ言葉に、季助はなにが起こったかという顔をした。だが、おえいは平然としたもので、

「おこん、参りますよ」

と胸を張って神保小路を下っていった。

おこんは磐音を振り返りちょっと戸惑った表情で笑いかけ、

「おこん、養母上を頼むぞ」

という磐音の言葉に頷き返し、養母の後を追った。すると隣屋敷の門前から門番相手におえいが、

「本日は川向こうの神社仏閣に詣《もう》で、信心に努めて参ります」

という声が神保小路に響いてきた。

「若先生、お内儀様は夏風邪《なつかぜ》でもひかれましたかな」

「そうではない。本所深川見物に、ちと気分が高揚しておられるのじゃ」

「はあはあ、お内儀様は普段滅多に外出《そとで》はなさいませんからな、気分が変わってようございましょう」

「いかにも」

「若先生、いつか言おう言おうと思っていたことがございます。言うていいかねえ」

「そなたは、それがしより佐々木道場が古いのじゃ。遠慮のう言うてくれ」

「若先生が後継に決まり、おこん様を嫁に迎えられて、大先生とお内儀様がどれほど明るくなられたことか。冬から春に季節が移り変わったようで、奉公人一同喜んでおりますよ」

「そなたらにそのように言うてもらうと、それがしもおこんも何より嬉しい。

佐々木家では長らくご夫婦二人で過ごされておったからな」

「あと若先生とおこん様にお子が生まれて、この門前を駆け回るようになれば、大先生もお内儀様も一段と元気になって長生きなさいますよ」

「近いうちにそのような知らせができるとよいが」

これぱかりは天の授けるところと思いながらも、磐音は季助に言い残して道場に戻った。すると稽古をやめた柳次郎が、戻ってきた磐音を見ていた。

柳次郎も、おえいとおこんが出かけることに気付いていたのだろう。

「品川さん、うちは早々に出かけられた。今津屋経由で横川に五つ半（午前九時）前には着きそうです。幾代様のお仕度は間に合いますか」

「若先生、ご懸念あるな。うちもすでに七つ前から、父の目を逃れて質草にならなかった単衣《ひとえ》を着込んで待機しております」

「どちらも同じような騒ぎがございましたか。泰然としておられるのは今津屋のお佐紀どのだけでしょうかな」

と依田鐘四郎が口を挟み、

「これこれ、右近どの。稽古中に兄上に悪戯を仕掛けてはなりませぬぞ」

と注意した。

初心組は、磐音が柳次郎に話しかけたのをこれ幸いと、全員が稽古の手を休めていた。右近は兄の杢之助の竹刀に自分の竹刀を絡《から》めて遊んでいた。

「師範、若先生とお話の間も稽古中ですか」

「むろんそうです」

と厳しい顔で鐘四郎が答え、

「おお、これは邪魔をいたしました」

と磐音が詫びると初心組の稽古が再開された。

磐音は最前稽古を付けていた門弟に、

「待たせたな」

と声をかけ、こちらも指導を始めた。

その刻限、浅草御門脇の船着場では、奥向きの見習い女中のおはつに一太郎を抱かせた今津屋のお佐紀が、おえいとおこんが顔を覗かせて迎える屋根船に乗り込むところだった。供を命じられた小僧の宮松の腕には、一太郎のおしめを包んだ風呂敷《ふろしき》包みや小さな蒲団《ふとん》が抱えられていた。

川清の船頭は小吉で、見習いに若い謙蔵《けんぞう》が付いていた。

謙蔵は川清の老練な船頭良蔵《よしぞう》の倅で、足腰が弱った親父に代わり、見習いとして奉公したばかりだ。

石垣の上には老分の由蔵が立ち、そのかたわらには主の吉右衛門《きちえもん》まで見送りに出ていた。

一太郎の寝床が屋根船の胴の間に作られ、おはつにおこん、おえいの助けまで加わって寝かせられた。お佐紀が屋根船から顔を覗かせて、

「旦那様、老分さん、半日留守をさせていただきます」

と河岸《かし》道に声をかけ、小吉が、

「謙蔵、舫《もや》い綱を外せ」

と命じて竿が入れられた。

「大旦那、本日は風もなく日和も穏やかだ。大川渡りになんの支障もございませんや。ご安心なすって」

吉右衛門と由蔵に見送られて屋根船が船着場を離れた。

「小吉さん、謙蔵さん、本日は宜しくお願い申します」

お佐紀が今津屋の内儀の貫禄《かんろく》を見せて声をかけると、

「へい、お伴させてくださいまし」

と応じた。

おこんは、お佐紀の落ち着いた応対を見ながら、今津屋に奉公した十年余が遠くへ過ぎ去ったことを改めて実感した。

お佐紀が、

「おえい様の発案に乗り、私ども四人も押しかけました。宜しくお願い申します」

とおえいに頭を下げ、

「お佐紀さん、まさか船で本所深川巡りができるとは努々《ゆめゆめ》考えもしませんでした。こちらこそ、このような贅沢の極みをさせていただき、お礼を申します。今朝は七つ前からそわそわと落ち着きませんでな、出るときも磐音に笑われました。本日はどうか宜しくお願い申します」

とお佐紀に言葉を返して、船が神田川の最後の柳橋を潜った。

お佐紀がふと思い付いたようにおはつを見た。

「おはつ、そなたのおっ母さんをお呼びして、私どもと一緒に宮戸川でお昼をいただきましょう」

思いがけない言葉におはつがびっくりした顔で、

「うちのおっ母さんは、皆様方と宮戸川に行くような柄ではございません」

と顔を振った。

「宮戸川はご町内ではありませんか。鉄五郎親方とも顔見知りでしょう」

「宮戸川の皆様とは顔見知りではございますが、料理屋の客になるなんて言ったらおっ母さんは驚きます」

困惑した表情のおはつが助けを求めるようにおこんを見た。おはつに笑みを湛えた顔で頷き返したおこんが、

「おはつちゃん、折角のお内儀様のご親切です。六間堀に生まれ育った私もおります。女同士、なんの遠慮も要りませんよ」

と言葉を添えた。

「でも、おっ母さん、いきなりだときっとびっくりすると思います」

とそれでも泣きそうな顔で抵抗した。そこでおこんが、

「お佐紀様、船が竪川に入ったら、宮松さんを唐傘《からかさ》長屋に遣いに出しても構いませんか。おはつちゃんのおっ母さんの都合を聞いた上でよしとなれば、昼時分に宮戸川においでいただくことでどうでしょう」

おこんは、深川の裏長屋暮らしがどのようなものか知らぬお佐紀の心遣いと、

着るものを案じるおはつの胸中を考え合わせ、助け舟を出した。

「おこん様、それがいいわ」

とお佐紀が素直に応じ、

「どうです、おはつ」

と重ねて勧めた。おはつも、

「はい」

と受けざるを得なかった。

小吉が櫓を操る屋根船は、両国橋を斜めに潜って大川を渡ると、竪川へと入っていった。最初に潜る橋が一ッ目之橋だ。

「お佐紀様、養母上、竪川の最初の橋を一ッ目之橋と呼びます。ご覧ください。橋の幅はおよそ二間半、長さは十三間です。橋はこの他、四ッ目之橋までございまして、五ッ目は渡し船です」

「おこん、景色も人の形《なり》も急に変わりましたね」

とおえいが言い出した。

「養母上、左手の奥に、明暦《めいれき》の大火で亡くなられた人々の霊を供養する回向院《えこういん》がございます」

「昔、亡き姑《しゅうとめ》様のお供でお参りに行った思い出がございますよ。私が佐々木の家に入ったばかりの頃でした。神保小路から延々と歩いた記憶がございますが、船だとほんの一息ですね」

「お佐紀様、右手の小さな森が弁財天で、子供の頃に大奥のお女中衆がしばしば参詣においでになるのを見かけたものです」

「おや、大奥のお女中はこのようなところにも参詣に参られましたか」

「その隣の屋敷が、按摩《あんま》を差配なさる惣録検校《そうろくけんぎょう》様のお屋敷です」

おこんの説明にお佐紀が、

「おこん様、どことなく小田原の町屋を思い出しました」

と答えると、おえいが目を凝らして初夏の竪川の風景に見入った。さらに、

「おえい様、あそこに来る小舟をご覧ください。舟一杯に夏菊やら青菜が積まれておりますよ」

「あれはきっと江戸市中に振り売りに行く舟ですね。あれ、お佐紀さん、子供衆が岸辺に集まり、遊んでいますよ」

おこんがおえいの言葉に目を向けると、岸辺では下帯一つになった男の子が半身を水に浸《つ》けて鰻の仕掛けを上げていた。

「お佐紀様、養母上、あれは遊んでいるのではございません。鰻の仕掛けを上げているのです。本所深川近辺の子は小さな時から川魚を捕って、宮戸川のような鰻屋さんや川魚料理の店に売って家計の足しにするのです」

「宮戸川でもそのような鰻が使われておりますか、おこん」

とおえいが訊く。

「はい。この界隈は堀が縦横に張り巡らされておりますから、鰻や泥鰌《どじょう》など川魚がよく捕れます。特に江戸前の鰻は美味でございまして、それで江戸市中からお客様が食べにおいでになります」

「磐音もこの界隈で捕れた鰻を捌いていたのですね」

とおえいが感慨深そうに言う。

「宮戸川の小僧さんになった幸吉さんが捕った鰻を磐音様が下拵《したごしら》えした時期が、懐かしゅうございます」

「いろいろ事情があったとは申せ、豊後関前の家老職のご嫡男が、ようもこの地で頑張られましたね」

お佐紀がおこんに言う。

「私が知り合うた頃は、舅《しゅうと》様はまだ中老職であったと思います」

「それにしても、重臣のご嫡男が深川の裏長屋で暮らすのは大変なことでございましょう」

「この土地が性に合ったのか、当人は至って気楽に過ごしておりましたよ」

とおこんが笑った。そのとき、

「あっ」

と驚きの声を上げたのはおはつだ。

その声に、船の中だけではなく鰻捕りの子供らも船を振り返って、水から岸辺に上がった男の子が、

「あれ、おはつ姉ちゃんだ」

と叫んでいた。

下帯一つで船を見る男の子におはつが顔を赤らめた。

「知り合いですか」

お佐紀の問いに、

「弟の平次《へいじ》です」

とおはつが恥ずかしそうに顔を伏せて答え、平次が、

「あれ、おこんさんもすまし顔で乗ってるぞ」

と岸辺に寄せられる船に平然と近寄った。

「今津屋のお内儀様に、おこん様の姑様です。平次、挨拶なさい」

気を取り直したおはつが弟に注意すると平次が、
ぺこり
と頭を下げた。

「平次さん、久しぶりね。こんの側《そば》においでなさい」

とおこんが平次を呼んだ。

「なんだい、どてらの金兵衛さんなら元気だぜ」

「父の元気はこんも承知です。それより、おっ母さんは唐傘長屋におられましょうな」

「そりゃ、長屋が住まいだもの、井戸端でとぐろを巻いて日がな一日お喋《しゃべ》りしてらあ」

「私たち、本所深川を見物した後、宮戸川で昼餉をとるの。そのとき、おっ母さんもお呼びしたいと、今津屋のお内儀様が言っておられるわ。いいこと、おっ母さんのご都合さえよければ、昼時分に宮戸川においでくださいませんか、私たちとご一緒にお昼を食べましょう、と伝えて」

おこんは少しばかり砕けた言葉遣いに変えて平次に言った。それでも平次が、

「なんだか、姉ちゃんもおこんさんも馬鹿っ丁寧な話し方だな」

「分かりにくかったかしら」

「およそんところは分かったさ。おっ母さんを宮戸川に、昼時分に行かせればいいんだろう。おこんさんさ、おれたちはどうなるんだい」

「宮戸川の鰻は大人の味なの。下帯一つで女の前に出る子供の平公にはまだ早いわ」

おこんが平次の額を指で突《つつ》いた。

「ちぇっ、姉ちゃんだって娘っ子だぜ」

「おはつ姉ちゃんはすでに奉公に出ている身よ。平公とは違うのよ、分かったかい」

深川育ちのおこんがさらに伝法《でんぽう》な口調で言い、

「はい。これがお駄賃だよ」

となにがしかを平次の水に濡《ぬ》れた手に握らせた。

「さすがはおこんさんだ。おれっちの気持ちが分かってらあ」

「おきんさんへの言伝《ことづて》を忘れないでね」

「ひとっ走り長屋まで戻ってくるぜ。安心しな」

下帯一本の平次は土手を駆け上がると、

「おはつ姉ちゃん、そんなにすましてたってよ、生まれも育ちも唐傘長屋だ。お里が知れてるぜ」

と叫んだ。

再び顔を赤らめたおはつに代わり、おこんが、

「平公、こんも金兵衛長屋の生まれだってことを忘れてないかえ。弟のくせにおはつちゃんをからかうと、このおこんさんが容赦しないよ」

と叫び返して、平次が、

「昔からよ、おこんさんが本気を出すとおっかねえからな。あばよ」

と尻を絡《から》げて走り出した。

二人の掛け合いを聞いていた小吉が高笑いをし、おえいが感心したような顔で嫁を見た。

河岸道を往来する人の中からおこんを承知の職人が、

「よう、今小町のおこんちゃん、尚武館の嫁になっても、深川っ娘《こ》の気風は変わらねえな！」

と声がかかり、

「当たり前だ、べら棒め。人間、そうあっさり変われるものか!」

とおこんが応えて、おえいの呆れた顔に気付き、慌てて首を竦めた。

第四章　西の丸の怪

一

朝稽古が終わった磐音が母屋の居間に挨拶に行くと、剣友の速水左近が玲圓自らが淹れた茶を喫していた。

「本日は、杢之助どの、右近どののお迎えにございますか」

「まあ、そんなところじゃ」

と笑みで応じた速水が、

「若先生、西の丸見物はどうであったな」

「もはや速水様のお耳に達しておりますか。もしそれがしの軽率がなんぞ城中にて話の種になるようならば、すべてそれがしの咎《とが》にございます」

磐音は桂川国瑞にはなんの責めもないことを告げた。

「本丸中奥《なかおく》で取り沙汰《ざた》されるようならば、えらい騒ぎですぞ。西の丸で何人腹を切らねばならぬか」

答える速水左近の顔から笑みが消えて、

「それにしても大胆不敵な行動でしたな」

と険しい語調で言った。

「いつぞや磐音が慈姑《くわい》頭で戻ってきたことがあったゆえ、なんぞあったとは思うておりました。まさか家基様にそなた自ら鰻をお届けしたとは、呆れ返った話じゃな」

玲圓もどう考えるべきか判断がつかぬ表情で応じた。

「玲圓どの、家基様は大変な喜びようでな、それがし、昨日西の丸に呼ばれ、お人払いをされた後、ご満悦のお顔でいつまでもその話を繰り返されましたぞ」

「宮戸川の鰻がよほどお口に合いましたか」

玲圓が訊いた。

「それもござった。されど、家基様は、日光社参以来、磐音どのと再会できたことを殊の外お喜びであったようじゃ。あれほど気が晴れた日はなかったと、それがしに何度も仰《おお》せになり、時に鰻で精をつけるのも悪いことではないな、と次の機会を催促なされる始末にござった」

「うっ」

と玲圓が唸って、

「普段西の丸にお籠《こも》りの若い家基様をそれほどお喜びさせ申したことが、後々よいことかどうか」

と呟くと黙り込んだ。磐音は、

（やはり軽率に過ぎたか）

とあの日の行動を悔いた。

「玲圓どの、桂川甫周御典医と薬箱持ちの見習い医師が西の丸を訪ねたは、よい機会であったやもしれぬ」

最前とは異なった口調で言った。

「それはまたいかがしたことで」

と玲圓は速水に問い返した。

磐音を手招きして近くに呼び寄せた速水は、玲圓と磐音に自ら額を寄せて、

「西の丸に乱波《らっぱ》集団が入り込んでおる。そのことが、つい先頃ようよう判明いた

したところじゃ」

と告げた。

「なんと」

と玲圓が驚きの声を洩らし、磐音は、

(ひょっとしたら、桂川家からの帰りに姿を見せた一団ではないか)

と考えた。

「戦国の世に各地で蔓延《はびこ》った下忍の組織は、徳川の御代になり、伊賀、甲賀ともに幕府にお仕えして御庭番などを務めるようになった。今や牙を抜かれ大人しく奉公に励んでおる。われら直参旗本衆となんら変わらぬ。ところが西の丸に入り込んだ奸三郎丸多面《かまりさぶろうまるためん》と称する者は、幕府開闢以来山野に潜んで秘技秘術を継承したらしく、荒々しい技と残虐を保っておるようじゃ。また奸の正体を確かめた者も、貌を見た者もおらぬ。さらにいくつもの貌を持つと噂される奸三郎丸が一人《いちにん》なのか、何人かが奸三郎丸を演じておるのかも未だ判然とせぬ」

「速水様、されど、奸三郎丸がおることだけは確かなので」

玲圓の問いに速水が頷いた。

「玲圓どの、磐音どの、広言はできぬが、奸一派のために西の丸内で頻々と怪しげな死が続いておる。それも家基様に忠誠を尽くす家来や女中たちが狙われた」

「なんと」

　と玲圓が答え、磐音が、

「なぜそのようなことが乱波の仕業と分かりますので」

　と速水に質《ただ》した。

「これまで分かっただけで三人。男二人女中一人じゃ。死んだ者の額には『乱波奸』の三字が墨で書き残されておったそうな」

「速水様、奸なる者、西の丸に騒ぎを起こすために入り込んだのでございましょうか」

「今のところ家基様に危害を加えるような行動は起こしておらぬ。ともあれ奸三郎丸を見た者がおらぬで、なんとも申せぬ」

　玲圓が再び、

「ふうむ」

　と唸り、

「速水様、奸は一人か、何人かが一人を演じているのか分からぬと言われたが、西の丸内に同調者はおりましょうや」

速水左近が重々しく首肯した。

「西の丸御番衆の組頭《くみがしら》彦根《ひこね》菊《きく》右衛門《えもん》をはじめとする七人は、奸三郎丸の秘術に脳髄を侵され、密かに主従の誓いをなしたと思えるのでござる」

「速水様、家基様の周辺にそのような者をいつまでも置いておいてはいけませぬな」

玲圓がいつになく厳しい口調で言い切った。

「いかにも。ただ、今のところ彦根らの日頃の奉公になんら変化はござらぬゆえ、若年寄も動くに動けぬのじゃ」

と答えた速水左近の視線が磐音にいった。

「磐音どの、西の丸にてなんぞ感じられましたかな」

と訊いた。

「ただ今速水様のお話を聞いて、思い当たりました」

と前置きした磐音は、最初桂川国瑞邸を訪ねた帰路に襲われた一件、さらに尚武館に潜んでいた六人、西の丸を訪ねた折りに意識した、

「監視の目」

を速水に告げた。

「すでに承知していたか」

磐音は頷くと、

「速水様、奸一派は、田沼意次様の意を汲んで西の丸に入り込んだのでございましょうか」

「未だ判断のつかぬところにござってな」

速水左近の顔が苦渋に歪《ゆが》んだ。

「磐音、なんぞ考えがあるか」

と玲圓が磐音に問うた。

「速水様、家基様に危害を加える目的で西の丸に奸三郎丸らが侵入したと仮定し、火急の対策を練ったほうがようございます」

速水が首肯し、

「最前も言うたが、彦根らが奸一派に帰順しておるというのは偶然知られたことでな。数日前、無月の夜に山里の森にある祠《ほこら》に七人が集まったことだけは確かめられておる。今は、彦根ら奸一派の信奉者に監視を付けて奴《やつ》らの動きを牽制しておるところじゃ」

速水左近は、玲圓と磐音父子に告げられぬなにかを胸中に秘めているように思えた。

十一代将軍を待望される徳川家基の周辺に起こる怪しげな一派の動きと三人の死である。秘められた情報があるのは当然のことだった。

「手を打つべき策があろうか、磐音どの」

と速水左近が再び訊いた。

「速水様、まず一つは、依田鐘四郎どのを家基様の御寝所番として奉公させてもらえませぬか」

「そのことはそれがしも考えた。だが、家基様を十一代様に就けとうはない田沼意次様らとわれらの暗闘を、これ以上世間に知られとうはない。依田鐘四郎が動けば、奸一派をみだりに煽《あお》ることになるのも必定《ひつじょう》。ともあれ尚武館道場の師範が依田家に婿入りし、西の丸に奉公を始めた事実だけでも、田沼様方は目くじらを立てておるのだ。さらに家基様の御側《おそば》近くの御寝所番に配置換えさせるとなると、幕閣が大いに紛糾しような」

と速水が思案した。

一先《ひとま》ずその考えを措《お》き、磐音は話題を変えた。

「速水様、弥助どのとそれがし、会うことが叶いましょうか」

と磐音が速水左近に頼んだ。

弥助とは、数年前、西国長崎街道の遠賀川《おんが》の渡しで会ったのが最初だ。以来、江戸で再会し、日光社参の折り、弥助が磐音の誘いに迷うことなく家基の影警護に就いたことで、徳川家の密偵であることが磐音には分かっていた。

「それがしと密に連絡《つなぎ》を付けるためにも、弥助の働きは欠かせぬでな。すぐにも手配いたそう」

と速水が約定した。


宮戸川の鉄五郎親方は、鰻を焼きながら六間堀をちらりと見た。

親方の目に、六間堀と五間堀との合流部が見えた。その河岸地には柳が植えられ、新緑が風に靡いて初夏の光を受けていた。

「おや、あれは唐傘長屋のおきんさんじゃねえか」

と呟く親方の目の前で幸吉が、

「おばさん、入りなよ。おはつちゃんに会いに来たのかい」

と訊いた。

「幸ちゃん、そうじゃないんだよ」

おきんは何度も水を潜《くぐ》った木綿縞《もめんじま》の単衣《ひとえ》の襟元《えりもと》を合わせると、急いで撫で付けたらしい髪に手をやった。

「今津屋のお内儀様がさ、あたしも一緒にと昼餉にお誘いくださったんだけど、いいのかねえ、こんな形《なり》で」

「なんだ、お客様か」

幸吉が鉄五郎を振り返り、

「親方、形なんて構わないよね」

と叫んだ。

「おきんさん、まだ船は着いてないが、そのうちおいでなさろうじゃねえか。おはつちゃんと会わせようという今津屋のお内儀の親切心だ。黙ってお受けしねえ。ほれ、幸吉、二階座敷におきんさんを案内《あない》しねえか」

と鉄五郎が命じたところに、川清の屋根船が北之橋に姿を見せた。

「ほうれ、ちょうどいい刻限だ」

船には今津屋のお佐紀、佐々木えいとおこん親子、品川幾代の四人の大人が乗り込み、さらにおはつと宮松が一太郎の世話で乗っていたため、なんとも賑やかだ。

「おはつ」

と河岸地から娘に声をかけた母親に頷き返したおはつが、

「お内儀様、うちのおっ母さんです」

とお佐紀に改めて紹介した。

「よう、おいでくださいました」

とお佐紀も気軽に声をかけ、かたわらから、

「おきんおばさん、長いことお待たせしたんじゃない」

とおこんが深川言葉で安心させるように言い添えた。

「おこんちゃんかい、いいのかねえ。あたしまでお招《よ》ばれしてさ」

「お内儀様のお心遣いよ。それに、この界隈は知り合いばかり、だれに気兼ねがいるものですか」

とおこんは言うと、ひらり、と河岸地から切り込まれた石段に飛び移った。

「これ、おこん、はしたない真似をしてはいけません」

と注意するおえいの声もどこか弾んでいた。

小吉が操る屋根船は、本所に縦横に張り巡らされた竪川、横川、十間川を巡り、亀戸《かめど》天満宮《てんまんぐう》から、北十間川の臥龍梅《がりようばい》で有名な梅屋敷を見物して宮戸川に到着した

ところだ。

「皆さん、ようこそ深川鰻処宮戸川においでくださいました。ささっ、どなた様もお足元に気をつけて船から降りてくださいな」

幸吉の先導で一行は次々に上がり、香ばしい匂いが漂う宮戸川の二階座敷へと上がった。河岸道におきんとおはつ母娘が残り、おきんが、

「おはつ、お言葉に甘えて来ちまったが、ほんとうによかったのかねえ」

と同じ言葉を繰り返した。どう答えようか迷った風情《ふぜい》のおはつに代わり、幸吉が、

「おばさん、遠慮しすぎると、今津屋のお内儀様の親切を仇で返すことになるよ。こういうときはさ、素直に受けるもんだよ。それにさ、宮戸川は客の身分で応対を変えないお店なんだよ。ねえ、親方」

と鰻をせっせと焼く鉄五郎に相槌を求め、

「幸吉の言うとおりだぜ、おきんさん。さあ、上がったり上がったり」

と母娘を促した。

焼き立ての江戸前鰻の白焼きを肴《さかな》に、お佐紀、おえい、おこん、幾代、それに

おきんは少しばかりの酒を飲み、名物の蒲焼でご飯を食した。その後、一行は、土産を持たされたおきんと別れると、昼下がりの深川見物に、これまた帳場で鰻を馳走になった小吉ら船頭の案内で船遊びを再開した。

一太郎も初めての外出だが、殊の外、船が気に入った様子で、大勢の女たちや宮松たちに声をかけられて終始ご機嫌だ。

上気した様子で河岸道に立ち、一行を見送るおきんに娘のおはつが、

「おっ母さん、お盆の藪入《やぶい》りまで辛抱よ。この次はおそめ姉ちゃんを誘って帰るからね」

と声をかけると、うんうんと頷いたおきんの瞼《まぶた》が涙に潤んだ。

「おはつちゃん、今の言葉、守ってくれよな。頼むぜ」

とおきんに代わって答えたのは、姉妹とは幼馴染《おさななじ》みの幸吉だ。

おはつの姉のおそめは自ら望んで、縫箔《ぬいはく》職人の名人江三郎親方のもとに奉公に出た。だが、この正月の藪入りは修業一途《いちず》に明け暮れて長屋にも戻らず、おきんや幸吉をがっかりさせていた。

小吉船頭の屋根船は六間堀川を南に向かった。すると猿子橋の上から声が降ってきた。

「おこん、元気か」

どてらの金兵衛が欄干《らんかん》から見下ろし、

「あら、お父上、ようお分かりになりましたねえ」

と言葉を返すと、

「おまえの亭主どのの気配りだ」

と言う声が聞こえ、金兵衛が腰を折って、

「おえい様、お佐紀様、幾代様、せいぜい深川をお楽しみください」

「金兵衛どの、そなたも娘と一緒に深川見物に行かれませぬか」

とおえいが言葉をかけると、

「おえい様、お父上なんて呼びかける娘と一緒に深川見物なんぞできるものじゃありません。久方の親子の対面と別れが涙を誘うのは、おはつちゃん止まりだ。うちのおこんも、あの頃が可愛い盛りだったたねえ」

と強がりを返し、船は猿子橋を潜った。

七つ（午後四時）前、小吉の船は富岡八幡宮の立派な石造りの船着場に到着した。本所深川巡りの最後の見物だ。

富岡八幡宮は深川の堀の一つ、油堀《あぶらぼり》南岸に鎮座して、応神《おうじん》天皇を祀《まつ》っていた。

一行が訪ねた時代、

「とみがおか」

とも、

「深川八幡」

とも呼ばれて江戸の人々に親しまれていた。

創建は寛永《かんえい》年間（一六二四〜四四）で、別当は真言宗大栄山金剛神院永代寺である。その当時、この界隈は浅い海の中洲《なかす》であり、埋め立てられて地名が生じたのだ。

船着場を上がると、その界隈には茶店、料理茶屋、諸々の商家、あるいは裏に行くと妓楼《ぎろう》があって一段と賑やかだ。

茶屋の名物は、鰻、牡蠣《かき》、蛤《はまぐり》、魚類で、江戸の川や海で獲れた魚介を使った料理だ。

祭礼は寛永十九年（一六四二）に竹千代、後の徳川家綱ご祈禱《きとう》のための神事に由来して始まった。そのために徳川家とも所縁《ゆかり》が深く、氏子は本所深川一帯ばかりか、大川対岸の霊岸島、箱崎、新堀辺りにも広がっていた。

お佐紀は一太郎の無事成長を願ってご祈禱してもらった。一同も拝殿でのご祈禱に参列して、半日にわたる本所深川巡りの船旅の締め括りとした。

拝殿を下りて参道に戻った一行に、

「最後に茶など喫して参りましょうか」

とおこんが提案すると、

「おこん、なんぞ甘いものでもありませんか」

とおえいが注文を出した。

西に傾いた光が富岡八幡宮の境内を照らし付けていた。

そんな境内の一隅に人垣ができていた。

「わあっ」

という歓声が人垣の中から起こり、

「強いな、殴られ屋の侍はよ」

と野次馬の嘆声がおこんの耳に入り、おこんは思わず足を止めた。一勝負終わったか、人込みがばらけた。すると髭面の浪人が見えて、客の職人がなにがしかの鳥目《ちょうもく》を払った。

おこんはそのとき、浪人の正体に気付き、おえいに、

「養母上、道場の客分の向田源兵衛様です」

と教えた。

二

「おお、あのお方が、柳原土手で奇妙な大道芸を生計《たつき》にしておられる御仁ですか」

おえいが言い、一行はなんとなく足を止めて向田源兵衛の様子を見た。

野次馬から新たな挑戦者が出たようで、最前一発も向田の体に当たらなかった職人の朋輩が、

「よし、おれが仲間の仇《かたき》を討つ」

とばかりに袖を手繰《たぐ》って二の腕を出し、竹刀を握った。

富岡八幡宮の境内にぱらぱらと、屋敷者と思える五、六人の武士が姿を見せ、向田源兵衛に走り寄るのをおこんは見ていた。

「向田源兵衛、見つけたぞ」

中年の武家が言いかけ、もう一人が、

「おのれ、わが一門の恥辱、晴らしてくれる」

と叫んだ。

「なんだ、なんだ」

と竹刀を振り上げた客が驚きの顔で予期せぬ展開を見た。

「下郎、怪我《けが》をせぬうち消え失《う》せよ」

一同の長《おさ》と思える武家が厳しい声で職人に命じた。

「なんだ、てめえら、おれの邪魔をしようというのか」

職人は見物人がいる手前、空元気で応じた。

「下郎、消え失せよと言うたはずだぞ」

中年の武家が羽織を脱ぎ捨てるとぎらりと刀を抜いた。すると仲間も一斉に剣を抜き連れた。

「ひえっ」

と悲鳴を上げたのは職人だ。竹刀を投げ捨てて飛び下がった。

その間に六人が向田源兵衛を囲んだ。

向田源兵衛は手に提げていた竹刀を未だ構えもせず、沈黙を守り続けていた。

おこんの体がぴくりと動いた。

その腕をおえいがそっと押さえた。

「なりませぬ、仔細あっての闘争です。他者が立ち入ることは無用です」

おこんがおえいに頷き返した。おこんも仲裁ができるなどと考えたわけではなかった。ただ、多勢に無勢の戦いが始まろうとするのを、

「どうにかせねば」

という深川っ娘《こ》の血が騒いで筋肉を動かしたにすぎなかった。

「養母上、向田様は大丈夫にございましょうか」

「見ておいでなさい」

もはやだれであれ他者が介入すべき時を超えていた。

「用人様、それがしが芸州《げいしゅう》境を越えたは八、九年も前のこと。諸々の出来事はすべて旅のまにまに忘れ去り申した」

向田源兵衛が静かに応じて口を利いた。

「勝手な言い分をぬかすでない。われらは次なる国家老と目された石塚《いしづか》小太郎《こたろう》様の恨み、決して忘れてはおらぬ」

「御藩ではすでに闇に葬った話と、旅の空にて聞いてござる」

「われら一門決して放念せず」

用人、と向田に呼びかけられた中年の武家がじりじりと間合いを詰めた。

すでに戦いの間合いに入ったにも拘《かかわ》らず、向田源兵衛は竹刀を提げたままの姿勢を崩さなかった。

お佐紀が、おはつの抱えた一太郎の小さな手を無意識の裡《うち》に握りしめていた。おこんも一太郎を守るようにかたわらに寄り添った。そのせいで気が揺れたか、

「ええいっ」

という気合いを発した若侍が、向田源兵衛に向かって果敢な踏み込みを見せた。

向田源兵衛は手に提げていた竹刀を、突進してくる若侍の顔面に投げると、左手に飛び、若侍の後詰と考えていた仲間の侍の胴を手練《てだ》れの抜き打ちで襲っていた。

「げええっ」

と悲鳴を上げた侍がきりきり舞いに斃《たお》れるのを見ようともせず、向田源兵衛の体が反転し、二番手の侍の肩口に刀を落としていた。

素早い反撃に、六人の輪に大きな綻びができた。

「おのれ、徒《かち》の分際で」

向田源兵衛の前に、用人と呼ばれた中年の武家がするすると迫り、正眼の剣を

胸前に引き付けると、用人へ視線を移した向田と睨み合った。

一拍二拍、二人が弾む呼吸で互いを見合い、次の瞬間、同時に踏み込んでいた。

向田源兵衛の剣はしなやかな動きで再び胴を狙い、用人の八双からの斬り込みは向田の肩口へと果敢に振り下ろされた。

おこんには二つの白刃が同時に相手の体に到達したかに見えた。だが、踏み込みに際し、腰を沈めた向田の体の動きは巧妙を極めた。すべての神経を胴抜きに集めつつ、体を用人の左手に流していた。

修羅場を潜り抜けつつ覚えた大胆な動きが、用人の斬り下ろしの狙いを外し、自らの刃《やいば》は相手の胴を深々と斬り割っていた。

「や、やりやがったぜ！」

最前、客になり損ねた職人が思わず叫んだ。

闘争は一対三に変わっていた。

残された三人の武士の顔は悲壮な形相に歪んだ。

「お待ちなされ」

佐々木えいが声をかけたのはそのときだ。

「この場は富岡八幡宮、神域にございますれば、それ以上の戦いは無用になさりませ」

さすがは直心影流の剣術家佐々木玲圓の妻女として道場の奥を守ってきたおえいの貫禄が、闘争者の動きを止めた。

向田源兵衛がおえいを認めたかあるいは気付かないか、小さく頷き、何歩かするすると後退して戦いの間合いを外した。

三人の侍もすでに闘争心を減じさせていた。

さらにおえいが、

「お手前からお引きなされ」

と命じ、まず向田源兵衛が、

「ご免」

の言葉を残すと初夏の薄闇《うすやみ》に姿を没させた。

「そなた様方も怪我人《けがにん》を連れてお引きなされ」

と言ってから、おえいは見物衆に願った。

「男衆《おとこし》、どなたかお手伝いを」

「おうさ、お内儀」

と先ほどの職人らが加勢して、倒された三人を戦いの場から引き下げていった。

おこんは宮松に命じて、向田源兵衛がその場に残した、殴られ屋の板看板や編《あみ》笠《がさ》などを集めさせた。

「思わぬところで時間《とき》を取られました。本日の深川見物もこれにて幕にございますな」

とおえいが一同に言い、富岡八幡宮の船着場へと戻っていった。

おこんは、大鳥居を潜るときに戦いの場を振り返った。すでに見物の人影も消えた薄闇に、淡く血の臭《にお》いが漂っているように思えた。


尚武館の離れ屋では土鍋《どなべ》がぐつぐつと煮えていた。おえいとおこんがいない佐々木家の夕餉を住み込み門弟の重富利次郎らが、

「今宵はわれらにお任せください」

と申し出て、御長屋の台所でなんぞ作ることが決まった。だが、玲圓を台所に招くのは、

「差し障りがある」

と言い出した者がいて、

「ならば若先生の離れ屋をお借りできぬか。それならば大先生もおいでになれよ

う」

と衆議一決して磐音がその提案を受け入れた。

直参旗本の三男坊田丸輝信《たまるてるのぶ》が所領地に父親の供で行かされたとき、習い覚えたという軍鶏《しゃも》鍋を見よう見真似で作ることになり、母屋と離れ屋の台所から野菜が集められた。さらに、輝信ら二人が神田明神下の行きつけの軍鶏屋に走って軍鶏肉を分けてもらってきた。

そんなわけで男の料理が始まり、玲圓も呼ばれ、

「大先生、まずは一献」

と利次郎が燗徳利《かんどっくり》を差し出そうとしたとき、白山の嬉しそうな吠え声が門前に響いて、おえいとおこんの帰宅を告げた。

「ちょうどよかった」

利次郎が身軽に立って迎えに出た。

「あれ、男ばかりで料理などなさって、真《まこと》に申し訳ないことでした」

「養父上も車座で鍋料理にございますか」

と半日の本所深川巡りで英気を養った女二人が外着の袖を帯の間に挟み、手伝おうとするのを磐音が、

「養母上、おこん、まずは普段着に着替えてくだされ。本日のお二人は客にございます」

とおえいとおこんを着替えに行かせた。

「大先生、若先生、宮戸川の鰻を土産に持参なされましたぞ」

利次郎が腕に抱えた竹皮包みを一同に披露すると、

ぷうん

と鰻の香りが漂い、軍鶏鍋の匂いと一緒になってなんとも空腹を刺激した。

おえいとおこんが再び姿を見せて、一同が二つの土鍋を囲んだ。

改めて酒が一回りし、玲圓が口に含んで飲み干したのを見たおえいが、

「おまえ様、本日は結構な骨休めをさせていただき、なんとも楽しい一日にございました。お礼を申します」

とおこんともども頭を下げた。

「時に気晴らしもよいものであろう。おえいの顔がいつになく晴れやかだぞ。磐音、そうは思わぬか」

「養父上、いかにもさようにございます」

おこんが、お佐紀、幾代、それにおはつの母親のおきんを誘った宮戸川の昼餉

のことやら、亀戸天満宮をはじめとする見物のあれこれを男たちに語り聞かせた。

「そうか、おはつちゃんの母御も誘われたか。さぞ喜ばれたであろうな」

という磐音の問いに、

「最初、おはつちゃんもお佐紀様に気兼ねして遠慮をしておりましたが、鉄五郎親方やら女将さんの座持ちよろしきを得て、最後はすっかり寛ぎ、鰻を美味しい美味しいと賞味しておられました」

「それはよかった」

「おえい様、おこん様、宮戸川の鰻とはいきませんが、うちの軍鶏鍋も賞味してください」

と本日の調理担当の田丸が二人の女たちに勧めると、おえいが、

「おお、なんともよいお味です。同じ軍鶏でも利次郎どのとは違い、お味にだいぶ深みがありますよ、輝信どの」

と冗談まで言った。おこんも、

「軍鶏肉と野菜がなんとも絶妙な風味を醸し出しております。私ども、本日は食べてばかりおりましたゆえ、もう食せぬと思うておりましたが、酢橘《すだち》で食べる軍鶏鍋はいくらでも箸が進みます」

とお代わりして食べた。

「おえい様、軍鶏は軍鶏でもそれがし、骨までしゃぶられる軍鶏肉とは違いましてな。それがしの呼称は勇猛果敢天下一強いの意にございます」

と利次郎が胸を張った。

「でぶ軍鶏、なにが勇猛果敢天下一だ。そなた、毛を毟《むし》られた軍鶏の肌が気味悪いと、触りもしなかったろうが」

と輝信に言われ、

「それを言われると辛《つら》い」

と利次郎が頭を掻いた。それでも、

「おえい様、時にわれらが男料理を振る舞いますので、そのときはなにもなさらず外出でもなんでもしてください」

と言ったものだ。

「利次郎どのにそのような言葉をかけられて涙が出ます。せめて後片付けでも手伝いましょうか。ね、おこん」

と言うおえいに、

「仕度から後片付けまでしてこそ料理にございます。本日は最後までわれらにお任せください」

と利次郎の指揮のもと、汚れものの器などが井戸端に運ばれていった。

「帰宅の刻限が遅うなりましたゆえ、お二人ともお腹を空かせておられようと、おこんと二人、表猿楽町から必死で歩いてきましたが、案ずるのは無駄にございましたな」

「養母上、まさか土鍋仕立ての軍鶏の水炊きが用意されていようとは驚きました」

とおえいとおこんが言い合い、おこんが茶を淹れた。そこでおえいが、

「おまえ様、磐音、本日かように遅くなったにはちと経緯《いきさつ》がございましてな」

と前置きして、富岡八幡宮境内で向田源兵衛を見かけた一件を告げた。

「なんと、さような騒ぎに遭遇なされましたか」

二人の紅潮した顔にはそのような秘密があってのことかと、磐音は得心した。

「向田源兵衛は芸州浅野家の家臣であったか」

「向田様は、芸州境を越えたは八、九年も前のことと応じられただけです。浅野家の家臣とはっきりと口にされたわけではございません。相手方もまた藩名はお出しになりませんでした。ですが、素直に受け取れば浅野家のご一門かと存じま

す。また相手が、徒の分際でと呼びかけられましたゆえ、向田様は下士身分かと存じます」

「うーむ」

と返事をした玲圓が考え込んだ。

「養父上、向田どののご流儀の一つが間宮一刀流にございますな」

「いかにも、向田源兵衛は間宮久也《ひさなり》どのが創始の間宮一刀流であったか。間宮どのは一刀流を芸州浅野家に伝え、二代藩主の光晟《みつあきら》様にご教授なされた人物。その後、広島藩には間宮一刀流が連綿と伝わっておる」

「となれば、藩内の紛争に関わって向田どのが安芸《あき》広島藩を脱藩なされたのは事実にございましょう」

と磐音が自らの体験を脳裏に思い描きながら呟いた。

「そう理解するのが至当であろうが、向田どののためにも騒ぎが大きくならぬとよいがな」

と玲圓は向田源兵衛の今後を気にした。

「もはや尚武館にお見えになることはないでしょうね」

おこんが磐音に質した。

「意外に平然としたお顔で姿を見せられるような気もいたす」

「そうでございましょうか、おまえ様」

おえいが訊いた。

「お寺社方が差配なさる富岡八幡宮を血で穢《けが》したことは確かなこと。まあ、おえいの説明では、今一つはっきりと芸州広島藩とも浅野家の家臣とも断定はできぬが、どこであれ寺社方が動いて大騒ぎにならねばよいがな」

と玲圓が答えたとき、

「おえい様、おこん様、甘味もございますぞ」

と賑やかに利次郎らが戻ってきた。


翌朝、品川柳次郎は住み込み門弟らが道場の拭き掃除を始めた刻限に姿を見せた。本所北割下水の屋敷から神保小路の尚武館までは、早足で歩いたとしても半刻(一時間)以上はかかったろう。

「おや、品川さん、今朝はお早いですね」

磐音の問いに、

「昨日はおえい様、おこん様方に大変世話になったそうで、そのお礼を一刻も早く申し上げようと思い、早めに参りました。皆さんとご一緒した船遊びがいたく気に入ったようで、帰りを待っていたお有どのに、この次はおまえ様もお連れすると勝手に約束なされ、次の外出を今から楽しみにしております」

「それはよかった。うちでも養母上が上気して戻られました。その上で、見物した亀戸天神から富岡八幡宮までを、養父上やそれがし、住み込みの門弟らにもお話しくださいました。時に女衆だけで外出をするのも、家がうまく立ちゆく手かもしれませんね」

「うちではなにしろ母が父と兄の放蕩《ほうとう》に苦労し続け、内職に追われて物見遊山《ものみゆさん》など夢のまた夢でしたからね、喜びも一入《ひとしお》でしょう。おえい様とおこん様には後ほどお礼を申し上げるつもりです」

といつもより早出の理由を述べた。

「品川さんは、昨夕はお有どのを麴町《こうじまち》まで送っていかれたはず。そして今朝はまたこのような時刻に参られた。少しはお休みになりましたか」

「母の興奮がこちらに伝わり、眠くもありませんよ」

「ならば、品川さん、今朝はそれがしと稽古をいたしましょうか」

「えっ、若先生に稽古を付けてもらえるのですか」

と柳次郎が喜色の面持ちで、勇躍雑巾がけの列に加わった。

三

この朝、通いの門弟らが各々稽古を終えて道場をあとにした後、住み込み門弟ら、尚武館で、

「若手」

と目される二十六人が残った。

磐音と元師範の依田鐘四郎が、日頃の精進ぶり、道場への出欠、技量、年齢、入門年度などを勘案して選んだ若手だった。

磐音は選んだ二十六人を玲圓に見せて、

「まあ、こんなところかのう」

との承諾を得ていた。すでにその玲圓も道場を去り、いつも見所《けんぞ》から見物する古い門弟や剣友の姿もない。

「本日より、全員が相手を替えての一本勝負を二十五日間続ける。その結果、勝ちの多い十人を決定し、月終わりに勝ち抜き戦を催し、本月の順位を決める。じ

ゃが、この勝者になることが目的ではない。目先の勝敗に惑わされることなく、自らの技量と精神をさらなる高みに導く精進の一過程と考えられよ。試合欠場は、理由の如何《いかん》を問わず、負けと見做《みな》す。月に三日の休みを以て、その月の権利を失うこととといたす」

「はっ」

と全員が受けた。

「なんぞ問いはあるか」

「若先生、負けが込んだ者でも、翌月新たなる戦いに挑戦する権利があるのですか」

と利次郎が訊いた。

「おお、利次郎め、今から来月のことを心配しておるぞ」

「全く自信がない者の質問かな。利次郎、それは降格と決まっておろうが」

「いかにもさよう」

などと仲間が言い合った。鐘四郎が、

「静かにいたせ」

と注意し、再び静寂に戻った。

「本日選ばれた二十六人に続く五人は、師範とそれがしの想念にある。その五人と、成績が悪しき下位五人と合《あ》わせ、改めて試合をなし、降格するかどうかを決定しようと思う。その結果、新たな二十六人の枠が決まる。利次郎どの、不安なれば、本日からの二十五戦に全力を尽くすことじゃ」

「若先生、それがし、全勝する決意にござれば、心配無用にございます。ただ今の問いは、たれとは名指ししませぬが、朋輩の身を案じて質問したにすぎませぬ」

と利次郎が胸を張った。

「言いおる、言いおる。でぶ軍鶏どのが」

と仲間が茶化した。

なにしろ十七歳から二十四歳の若武者たちだ。元師範の鐘四郎がいくら注意しようとさほど気にはしていない。

一番若い十七歳の出場者は、尚武館入門五年の、寄合神原主計《よりあいかんばらかずえ》の嫡男辰之助《たつのすけ》だ。

そして、二十四歳の年長は、越前大野《えちぜんおおの》藩四万石土井家の御番組鈴木一郎平《すずきいちろべい》だ。

異色は、二十六人に一人だけ混じった女門弟の霧子である。

日光社参の折り、密行した家基の命を狙った雑賀衆の女忍びだ。

雑賀衆と磐音らとの戦いのさなか、幕府の密偵、弥助に捕えられた。

磐音は若い女忍びに、家基を襲い、ために自滅していった仲間の死をすべて見せた。その上で、家基一行の江戸への帰路の道中に霧子を加え、佐々木道場の女門弟として住み込ませたのだ。

磐音は若い女忍びに、自らの生きる道を選ばせようとしていた。

霧子は新しい運命《さだめ》にすぐには馴染もうとしなかった。

時にふらりと尚武館から姿を消した。だが、いつの間にか道場に戻ってきて、黙々と独り稽古を続けていた。

佐々木玲圓も磐音も、霧子の好きにさせて様子を見ていた。霧子が弥助のもとを訪れ、行動を共にしていることを弥助から知らされていたからだ。

磐音は、

(そろそろ運命を受け入れてもよい頃だ)

と霧子を二十六人の中に加えたのだ。

「これより試合を行う。師範の指示されるとおり東西に分かれよ。明日は、本日対戦した右隣が対戦者である。分かったな」

「はっ！」

と全員が自らに気合いを入れるように大声で応えた。

鐘四郎が書き出した対戦表を広げ、それに従い、見所を挟んで東方、西方に分かれて座した。

「ただ今示した席順は、若先生とそれがしが思いつくままに、表のあちらこちらに名を記していったにすぎぬ。一番奥より試合を行う。西方井筒遼次郎、東方村《むら》井《い》兵衛《ひょうえ》、前へ」

磐音と鐘四郎は、遼次郎が初心組で基本を学び直した真摯《しんし》な態度を評価し、二十六人の一人に選抜していた。

事実、尚武館の稽古に慣れた遼次郎は、豊後関前の中戸信継道場での精進もあって段々に地力を発揮し、今では尚武館の若手と互角に打ち合うまでになっていた。

相手の村井は遼次郎と同年齢、下総《しもうさ》佐倉《さくら》藩堀田家家中で、藩主の近くにお仕えする小姓組ゆえ、なかなか朝稽古に顔出しできなかったが、それでも地道な努力が実り、近頃めきめきと腕を上げてきた一人だ。

「両人、前へ」

審判の磐音が二人を呼び寄せ、若手組の二十五日間にわたる戦いが始まった。

初めて竹刀を合わせた遼次郎と村井は、一呼吸睨み合ったあと、遼次郎がすぐに踏み込んで面を狙い、村井はそれに対して胴打ちで対抗した。だが、両人の踏み込みは浅く、そのせいで打撃が不十分で相打ちに終わった。その後も激しい打ち合いが続いた後、引き際に出した村井の小手が決まり、

「勝負あり、村井兵衛小手一本」

という磐音の宣告を聞いた。

十三組が勝敗を決するのにほぼ半刻ほどかかった。

勝った者、負けた者、明日のことを思うたか、自発的に居残り稽古を始めた。

その様子を見た磐音と鐘四郎は、

「尚武館も大所帯になりすぎました。大所帯は大所帯なりの大きな力を秘めているものですが、ともすれば動きが鈍くなります。ただ今の尚武館をかように見ていますが、若先生はいかがです」

「師範が言われるとおりです。巨象も蜂の一刺しで倒れることがございましょう。それがしもそれを気にしております」

頷いた鐘四郎が、

「この若武者らが尚武館に新しい風を巻き起こしてくれれば、若先生の発案は成

功したといえましょうな」

「師範、長い日々の始まりです。ゆったりと彼らの成長を見守りましょう」

と道場の神棚に一礼した磐音は、離れ屋に鐘四郎を誘《いざな》った。

「なんぞ御用がございますか」

「いささか内々に相談がございます」

磐音は鐘四郎を連れて離れ屋に戻ると、おこんの淹れてくれた茶を喫しながら、半刻以上も二人だけの内談を続けた。そして、その話が終わったとき、鐘四郎の顔は紅潮し、重い緊張が漂っていた。

遅い朝食と昼餉を兼ねた食事を終えた磐音は、御典医桂川家の四代目甫周国瑞を駒井小路に訪ねた。

この日、国瑞は、三代目の父甫三《ほさん》国訓とともに屋敷で病人の診療に当たっていたが、それも午前中で終えたとかで、新妻の桜子と自室で異国の解剖学の書物を読んでいた。桜子の表情から、日頃の明るさが影を潜めているように思えた。

「佐々木さん、よう参られました」

と国瑞が迎え、桜子が作り笑みでなんとか挨拶を返した。

「桜子様、いかがなされましたか」

と磐音が訊いたのは桜子の様子が気になったからだ。

「磐音様、あとで相談に乗ってくださいませ」

「御側に桂川さんがおられるのに、それがしでよろしいのですか」

「磐音様のほうがきっと、桜子の悩みをお分かりいただけそうですもの」

あっけらかんと言い残すと、桜子はその場に二人を残して姿を消した。その様子に国瑞が苦笑いを浮かべ、

「私から医学を取ったらただの朴念仁《ぼくねんじん》です。桜子はどうも未だ医家桂川家の暮らしに馴染まないようです。どうしたものでしょう」

と言い出した。

「これは驚いた。お医師に相談を持ちかけられましたか」

「医師と申しても、妻の悩みに応えるのはなかなか難しゅうございます。その点、佐々木さんは桜子とは最初から気心が知れた仲、きっとなにか手立てを考えていただけましょう」

と国瑞から桜子の悩み解消を託された。

磐音と国瑞はその後、額を集めて一刻（二時間）ほど相談した。

「なんと、西の丸に奸三郎丸多面なる乱波が入り込んでおりましたか」

「ただしその者を直《じか》に見た者はおらぬと言います。速水様は差し当たって家基様に危害を加える様子はないと仰せですが、家基様御近習《ごきんじゅ》が三人、怪しげな死に方をしているとか、油断はなりませぬ」

「迂闊でした。御典医でありながら、三人の怪死に全く気付きませんでした」

「西の丸では、常駐の御医師に検視させた上で城外へ出したそうな。それが三つ重なったとき、奸なる乱波との関わりがようやく指摘されたのです。もし四人目が出るようならば、桂川先生の診断を仰ぐことになります」

国瑞が頷いた。

「ともかく桂川さんの登城の行き帰りには注意が肝要です。西の丸登城の日には尚武館から人を出して警護させます」

「私のことより家基様の御身が大事です」

「いかにもさよう。とは申せ、西の丸には御近習衆がおられますゆえ、尚武館が差し出がましいことはできませぬ。奸三郎丸が正体を見せるようならばまた別のこと」

磐音の言葉に国瑞が頷いた。

国瑞との話が終わり、磐音は桂川邸の若夫婦の座敷を辞去することにした。

「桜子、佐々木若先生のお帰りじゃ。玄関までお見送りなされ」

と国瑞が桜子に呼びかけた。

「桂川さん、桜子様を尚武館にお招きしてもよろしいですか」

「そうですな。うちよりも他所のほうが、桜子は心の中を明かし易いかもしれませんね」

「お医師どのに賢《さか》しら口もないものですが、おこんと女同士、腹に溜まった亭主の悪口などを言い合うと、意外とすっきりするものではありませんか」

「いかにもさよう。早くに神保小路に連れていくのでした」

「桜子様をしばしお預かりいたします」

磐音は桜子を、駒井小路からさほど遠くもない神保小路に連れていった。

道中、桜子は硬い表情で一言も喋らなかった。

尚武館の門前の日陰には白山号がねそべっていた。

「あら、道場では犬を飼っておいでですの」

初めて桜子が口を利いた。

「道場破りに来た武芸者が置いていったものです」

と磬音が事情を説明した。

「あらあら、そなた、旅の武芸者にあちらこちらと連れ回されるより、尚武館に囲われて昼寝をする暮らしがよいですか」

と桜子が白山に話しかけるのを聞いた磬音は、

「桜子様、いかがです。久しぶりに体を動かしてみませんか」

と誘ってみた。

「えっ、剣術の稽古を磬音様自ら付けてくださるのですか」

「それがしでよければお相手いたします」

桜子の顔に喜色が走った。

「でも、この形《なり》です」

と桜子が両手を広げ、医家桂川家の嫁の小袖姿を磬音に見せた。

「それはなんとかなりましょう」

磬音は道場には入らず、庭を回って離れ屋に連れていった。

銀五郎親方が磬音とおこんに贈った白桐の花が、昼下がりの光を浴びていた。

どうやらしっかり尚武館の土に根付いたようだと磬音は思った。

「おこん、桜子様をお連れ申した」

離れの玄関先から呼びかけると、

「桜子様」

とおこんが飛んで出てきた。

「おこん様、突然お邪魔して申し訳ございません」

「そのようなことはようございます。ささっ、お上がりくださいませ」

「おこん、話は後回しにしてくれぬか」

「なにか急ぎの御用ですか」

とおこんが不思議そうな顔をした。

「頼みがある。道場に霧子の姿を見かけた。霧子の稽古着を一揃い借り受けて、桜子様に着てもろうてくれ」

「えっ、桜子様は稽古にお見えになったのですか」

「それがしがふと思い付いたのだ」

おこんは磐音と桜子の顔を交互に見ていたが、黙って頷き、

「しばらくお待ちを」

と言い残し、道場に向かった。

霧子の稽古着は桜子の体にぴったりで、着替えを手伝ったおこんに、

「よくお似合いですよ」

と褒められた。

「磐音様と最初にお目にかかったのは若侍姿でしたもの。私、振袖より稽古着が似合うのかもしれません」

と桜子が顔を赤らめた。

「いえ、桜子様は愛らしいお顔立ち、小袖もお似合いです。でも凜々《りり》しい格好も板についておられます」

おこんはなんとなく、磐音が桜子一人を尚武館に案内してきて、さらに稽古に誘った訳を、悟った気がした。

道場に出た桜子を磐音が待ち受け、

「これでようございますか」

と自ら選んだ短寸の竹刀を差し出した。

「お借りします」

広々とした尚武館道場には霧子や利次郎ら住み込み門弟らがいて、思いがけない磐音の稽古を見ていた。

「桜子様、あざができても構いませせぬか」

「そのようなことには慣れております。磐音様、遠慮は無用に願います」

「畏まりました」

桜子が定寸より短い竹刀を正眼に取った。

磐音は敢《あ》えて下段に構えた。

「ええい」

と桜子が気合いを発した。

「桜子様、尚武館ではそのような声は気合いとは申しませぬぞ」

「なんと申されましたな」

桜子が御典医桂川国瑞の嫁の身分をかなぐり捨てて、

「ええいっ！」

と甲高い声ながら、腹の底からの気合いを発して磐音に打ちかかってきた。

磐音は桜子の打ち込みを受けては弾き返し、桜子が足を縺《もつ》れさせて倒れても、

「音を上げられるのがちと早うございますぞ」

と四半刻（三十分）にわたって相手を続けた。

磐音には分かっていた。

御典医にして蘭学者《らんがくしゃ》の桂川家では、四代目の嫁の桜子を大事にするあまり、身

内から奉公人まで真綿に包《くる》むように若い桜子に尽くしてきたのであろう。

元来小太刀《こだち》を修行してきたおてんばの桜子だ。

あまりにも大事にされて鬱々とした不満が溜まり、爆発寸前であったのだろうと磬音は推測した。それが憂いとも無聊《ぶりょう》ともつかぬ顔に表れていたのだと思った。

磬音は桜子の体内に溜まった不満や我慢を、汗と一緒に吐き出させようとした。

床に這う桜子が、

「磬音様、もう一度お相手願います」

「宜しい、お立ちなされ」

「はい」

もはや桜子は桂川家の嫁の体面を捨てていた。

ただ、その昔稽古に励んだ小太刀の技を必死で思い出そうと努めたが、意のままには体が動かず、竹刀も思うように扱うことができなかった。

磬音の竹刀はただ桜子の打ち込みを弾くだけだが、その度に桜子の体がよろよろとよろめいた。

それでも桜子は嬉しかった。

どこか遠慮したり我慢したりしたものが体内に澱《おり》のように沈潜していたが、それが汗と一緒に流れ出すのが分かった。

桜子は渾身《こんしん》の力を込めて磐音の内懐に飛び込み、胴を打った。

磐音の胴が、
ばしり
と鳴った。

「お見事にございます、桜子様」

はっ
とした桜子が竹刀を下ろすと床に正座して、

「お稽古、有難うございました」

と平伏した。

顔を上げた桜子は、無垢《むく》の赤子のような輝きを取り戻していた。

「桜子様、時に尚武館にお見えになって体を動かしませぬか」

「国瑞様がお許しくだされましょうか」

その面上に不安の翳《かげ》が走った。

「桜子様のお顔が明るくなるのです、国瑞様は必ずお許しくださいましょう」

「お願い申します」

と紅潮した顔を下げて願った。

四

桜子は離れ屋で四半刻もおこんと女だけのお喋りをして、どこか憑《つ》きものが落ちたような顔で駒井小路に戻っていった。

磐音は西の丸に巣食うという乱波奸三郎丸のことを考え、送っていくことにした。

初夏の夕ぐれの刻限だ。

武家地にも日中の暑さが残り、それが日没とともに涼しさに変わろうとしていた。

「佐々木様、本日は大変世話になりました」

そういう桜子の顔には汗をかいた清々《すがすが》しさが漂っていた。

「武家と医家では暮らし向きが違いましょう。無理をして、桂川家の家風に合わせようとなさったのかもしれない」

「私にそのような気遣いがあったのでしょうか。不思議ですわ」

「ゆるゆると時をかけて桂川家の色に染まる、それが大事なことかもしれませんね」

「磐音様は、すぐに佐々木家の家風に馴染まれましたの」

「戸惑いがなかったといえば嘘になりましょう。ですが、それがしの場合、剣術修行という逃げ道がございます」

「磐音様にとって剣術は逃げ道ですか」

「逃げ道と申さば、語弊もありましょう、救いと言い換えればよいか。とにかくなにがあろうと道場に立つ。体を動かし心を虚《うつ》ろにすることで、すべてが霧散いたします」

「今日ほど、体を動かす大事さを教えられた日はございません。それとおこん様に心の余裕を教えられました」

「おこんに余裕を感じられましたか」

「この桜子に比べれば、万事堂々となさっておられます。羨ましいことです」

　磐音はしばし沈思した。

「もしそのように桜子様がお考えになったのであれば、桜子様とおこんの生まれや育ちの違いのせいかもしれません」

「私は武骨な武家屋敷内で育ち、おこん様は深川六間堀でのびのびと産湯を使われたと仰いますの」

桜子は、磐音が暮らしていた金兵衛長屋とその界隈を承知していた。

「物心ついたときから町屋の住人は、格別に裏長屋暮らしは、壁一枚向こうの他人を気遣い、慮りながら生きるのです。それがおこんの習い性になっているのかもしれません。それと今一つ、十五のときから十年余今津屋で奉公してきたのです。大店とはいえ、一つ屋根の下に暮らし、主人一家、奉公人、客と、大勢の人々と交わる生活には慣れております。それが素早く佐々木家に馴染んだ理由かもしれません」

「おこん様の苦労を考えもせず羨ましいなんて申し、桜子は未だ努力が足りませんね」

「桜子様、鬱々としたものを腹や胸に溜めて我慢されると、それがだんだん膨れ上がり、桜子様から愛らしさや素直なお心を消し去っていきます。時に体を動かすのはよいものです」

「そのことに本日気付かされました。国瑞様に願って稽古に通います。若先生、私を尚武館の門弟にしてくださいい。宜しいですね」

「桜子様はすでに尚武館を承知です。時に稽古に参られ、おこんとお喋りしていかれませ。おこんにとっても息抜きになりましょうから」

「約束ですよ」

と桜子が元気よく返答したとき、二人は駒井小路の桂川邸に到着していた。日が落ちたというのに急患でもあったか、屋敷の門は大きく開かれていた。そして、診療所のある屋敷の一角から子供を抱いた若い夫婦が姿を見せて、何度も診療所のほうに向かって腰を折り、頭を下げた。

「桂川家がこの地にあることでどれほどの人々が心強いことか。桂川家はこの界隈の守り神ですよ」

「桜子も嫁としてしっかりせねばなりませんね」

患者を見送りに来たか、桂川家の玄関に不意に国瑞が姿を見せた。

「おお、戻ってきたか」

「長い時間、留守をして申し訳ございません」

頷いた国瑞は素早く桜子の顔色の変化を読んだようで、

「桜子、おこん様らと話して気晴らしができたようだな」

と微笑んだ。

「それもございますが、若先生に親切にも的確なる治療を施してもらいました。わが亭主どのの診察よりも効き目がございましたよ」

と冗談を投げた桜子が、

「若先生、本日は有難うございました」

と改めて磐音に礼を述べ、桂川家の奥へと姿を消した。国瑞の夕餉の仕度でもしようというのか。その姿を見送っていた国瑞が、

「医師の私がどうしたものかと思案投げ首の桜子の機嫌、どうすればああも易々と変えることができるのです。手妻《てづま》でもお遣いになったのですか。医師としてお尋ね申します」

「それがし、手妻など知りませぬ。一介の剣術家にござれば、桜子様を道場にお招きして竹刀を交えただけにございます」

「なんと、桜子に稽古を付けてくださいましたか。そうか、体を動かし汗をかいたせいで顔色が明るくなり、清々しくもさっぱりとしているのですね」

「剣術家にできることはこれくらいです」

「体内に我慢や悩みを溜め込むことこそ万病の因《もと》です。それを若先生はすぐに感じ取られ、道場で稽古を付けられた。佐々木磐音どのは名医です」

「おやおや、将軍家御典医の桂川さんに褒められましたな。そのついでと申しては恐縮ですが、桜子様は小太刀を修行なさった腕前です。時に尚武館に錆落としの稽古に通われては、いかがにございましょうな」

お願い申します、と国瑞が頭を下げ、

「どうです、一献」

と酒を飲む真似をした。

「桂川さん、今宵の相手は桜子様です。夫婦水入らずでお飲みください」

磐音は国瑞の誘いを断ると、桂川邸を辞去することにした。大きく開かれていた門はすでに閉じられ、

「若先生、こちらへ」

と門番が磐音を潜り戸へと誘った。

磐音が玄関を振り向くと、国瑞が未だ式台に立っていて磐音に小さく手を振った。磐音も会釈を返して戸を潜り、駒井小路に出た。

武家地に夏の夜がいつしか訪れていた。

黄昏からさほど時は過ぎてないはずだが、

(異なことよ)

磐音はそう思いつつも、いつもなら駒井小路を東に辿り神保小路に向かうべきところを西へと武家地を上がり、突きあたりを南に、今川小路へと曲がった。なんとなく夜風に吹かれたい気持ちだった。それと今一つ、桂川邸を監視する目があれば誘い出してみたいという考えが、磐音の足を御堀端へと向かわせていた。

表高家《おもてこうけ》の大沢家と御書院番頭白須《しらす》家の塀の間を抜けると御堀端に出た。右に行けば俎《まないた》橋、左に下れば雉子《きじ》橋だ。

刻限は遅くもないのに人の往来が絶えていた。

どこか異界へと誘われたような思いを磐音は感じた。

御堀端の闇の一角でだれかが動こうとして再び闇に化した。すると別のなにかがかさこそと動き始め、磐音を真綿で押し包むように囲んだ。

磐音は足を止めた。

だが、身構えるふうもなく口を開くでもなくただ立っていた。

磐音を押し包んだ気配にも動ずることなく相手の出方を窺っていた。

時がゆるゆると流れていく。

磐音は平然と立っていた。

ううう
耳に聞こえるか聞こえないかの微細な音がした。早い速度で薄い羽根が震え、大気が振動する音だ。

「奸三郎丸多面どのか。用あらば姿を見せられぬか」

磐音が問うた。

その声は春風のようであくまで長閑《のどか》だ。

ふうっ
と御堀端に黒い旋風が吹き起こり、磐音を渦中に捉《とら》えて巻き込もうとした。

磐音の態度に変わりなく、いつしか旋風も緩《ゆる》やかな動きへと変わっていた。だが、緩やかな風が磐音をしっかり遮断して囲んでいた。

「そなた、なにゆえ西の丸に巣食うておるな」

「答えは己が胸中にあり」

風が鳴くような音でもあり、赤子の声のようでもあった。

「恐れ多くも家基様のお命をお縮め申すというか」

「さあてのう、しばし時を待てば己が頭で悟ろうわえ」

「なにゆえそれがしの前に姿を曝《さら》したな、乱波」

「乱波と蔑《さげす》むか」

「奸三郎丸、乱波は古来より習わしあり。決まった主《あるじ》を持たず、孤独にも仲間内で切磋琢磨して体を鍛え、会得した秘術を時の武人に売りつつ生き抜いてきたと聞いておる。じゃが、そなたらの技を買う武人は今やなく、戦乱の時代は遠くに去った。そなたの仲間も甲賀も伊賀衆も徳川の軍門に下り、日々奉公に務めておる。そなたもたれぞに銭で買われとうなったか」

「言うな」

「こたびの主は田沼意次どのか。どうじゃな」

「さあてのう」

磐音はふと思い付いたことを口にした。

「奸三郎丸、そなた、雑賀衆じゃな」

うっ
という声がしたわけではない。

茫漠とした風の壁が竦み、幽《かす》かに鳴り、硬直したように思えた。

「そうか。日光にてわれらが斃した雑賀衆総頭、雑賀泰造日根八の仲間であったか」

「許せぬ」

「となれば、そなたの正体、佐々木磐音、見抜いたわ。乱波雑賀衆の雑賀泰造日根八の女、女狐《めぎつね》おてんが一族じゃな」

「おのれ、佐々木磐音。おまえの命、楽に絶ちはせぬ。苦しみ抜かせた後、幾千幾万の肉塊に切り刻み、賽《さい》の河原に積み上げてみせようぞ」

風が鳴り、旋風が再び黒く渦巻いた。

磐音はただひっそりと立っていた。

ふわっ
とした気配を最後に御堀端から異な気配が消え、辺りの夜気が軽くなったように思えた。すると石垣の下から顔が二つ覗いた。

「弥助どの、おられたか」

弥助が霧子を伴い、姿を見せた。

「さてさて雑賀衆の女狐め、なにを考えておるのやら」

と弥助が呟いた。

「元気ならば、どこぞで雑賀泰造の子を産んでいよう」

日光での戦いに生き残った女狐おてんは、江戸に戻った磐音を佐々木道場の帰りに待ち受け、短筒《たんづつ》で撃ち殺そうとした。それを助けたのは、霧子が投げた十字手裏剣だ。

霧子はこの瞬間、雑賀衆を抜けて佐々木道場の門弟として生き抜く覚悟を付けたのだ。

磐音は喉元《のどもと》に傷を負ったおてんを、

(やや子とともに生きよ)

と見逃したのだ。

弥助がなにかに気付いたように叫んでいた。

「若先生、奸三郎丸とは、雑賀泰造とおてんの子ではございませぬか」

「弥助どの、日光社参から二年余り、おてんの腹に宿したやや子が老狐のような乱波に育とうか」

「乱波なれば、母親の胎内で百年の時を過ごす者もおりましょう。生まれ出る日が百歳であったとしても不思議ではございません」

「つい江戸の水に慣れて、世の中の魑魅魍魎《ちみもうりよう》を忘れておったわ」

と磐音が呟き、

「霧子、奸三郎丸は雑賀泰造とおてんの生《な》した子と思うか」

「若先生、弥助様の答えに間違いなかろうと思います」

と霧子がきっぱり答えた。

しばし三人の間に沈黙の時が流れた。

「霧子、そなたは雑賀衆総頭の雑賀泰造日根八と小頭おてんの子と相戦うことになるが、覚悟はよいか」

「若先生、霧子はもはや尚武館の門弟にございます」

「よう言うた、霧子」

と応じた磐音は、

「改めてそなたに命ずる」

「なんなりと」

「弥助どのを助勢し、西の丸の家基様の身辺に気を配れ。あやつの言葉を信ずるならば、家基様を襲う命は未だ田沼意次様より出ておらぬとみた。じゃが、家基様の身辺近くで三人の忠義の者たちが怪死を遂げておる、四人目を出してはならぬ」

「はい」

「弥助どのにも申そう。西の丸はわれらがおいそれと踏み入れる場所ではない。

そなたらが頼みだ。なんぞ火急の折りは、依田鐘四郎どのに頼むがよい。依田どのには話を通してある」

「心強いお仲間にございます」

弥助と霧子が闇に姿を没させた。

おこんは離れ屋で磐音の帰りを待っていた。その前に膳部《ぜんぶ》が二つあった。

「まだ夕餉を食べなかったのか」

「桂川家で夕餉を誘われようから、母屋で一緒にと養母上からお誘いを受けましたが、私はお戻りになるような気がして待っておりました」

「桂川さんと玄関先で立ち話をしてな、桜子様の尚武館通いを決めて参った」

「やはり夕餉はまだでしたのね」

おこんが嬉しそうに、小鍋の若布《わかめ》の吸い物を温めるために立ち上がった。

「お酒を付けますか」

「酒はよい」

「桜子様は初めての他家の暮らし、さぞ大変でございましょうね」

「慣れるのにちと時を要しておられるようじゃ。帰り道、お話ししたが、格別姑どのと気が合わぬというわけでもないらしい」

「舅様も姑様も、桜子様をわが娘同然に可愛がってくださるそうです」

「やはりな。となるとあの鬱々の原因はなんだな」

「お喋りの中で私なりに悟ったことは、今のところ桜子様お一人が話の外にあることのようです」

「話の外とはなんだな」

「桂川家は蘭学の家系、お身内から奉公人まですべて医学の知識をそれなりにお持ちだそうです。その上、出入りなさる方々は南蛮の諸々のことをよく承知の方ばかり、異国の言葉混じりに話されることがさっぱり理解がつかぬと仰っておいででした」

「やはりな、そのようなことであったか」

将軍家御典医の家系桂川家の中でも四代甫周国瑞は、

「天性穎敏《えいびん》、逸群の才」

として秀逸の評価を受ける人物だ。『解体新書《ターヘル・アナトミア》』を杉田《すぎた》玄白《げんぱく》、中川淳庵《なかがわじゅんあん》らとともに翻訳し、解剖学に大きな一石を投じた俊英であり、長崎の阿蘭陀《オランダ》商館の医者にして植物学者のツュンベリーが江戸参府の折りには、中川淳庵とともに最新の阿蘭陀医学を直《じか》に学んでもいた。

江戸の桂川家には長崎を通して、南蛮、阿蘭陀など諸外国の最新事情がもたらされ、品々が贈られてあった。

因幡鳥取藩《いなばとっとり》の藩邸内長屋や国許《くにもと》の暮らししか知らぬ桜子には、いきなり異国の中に行かされたような驚きがあって、今、混乱を来《きた》していると思えた。

「桂川家の雰囲気に慣れるまでには、しばしの歳月《としつき》がかかろうな」

「桜子様は明晰なお方と存じます。しばらく時が経《た》てばきっとお慣れになります」

うーむ、と磐音が返事をしたとき、若布の吸い物が温まった。

「ささ、遅くなりました。いただきましょうか」

「本日は鱸《すずき》の洗いか」

「それと筍《たけのこ》ご飯にございます」

「おお、それがしの好物じゃ」

箸を捧げ持った磐音が膳を前に合掌した。

「それにしてもお帰りが遅うございましたね」

「うーむ」

と返事した磐音はすでに膳部にしか関心がなかった。

「洗いに筍飯、これ以上の馳走《ちそう》があろうか」

と呟く磐音に、

「まあ。私も桂川家に参り、亭主どのがこちらの話を聞こうともしませぬと国瑞様に訴えましょうか」

「おお、それがよいそれがよい」

磐音の上の空の返事におこんは、

(この癖ばかりは生涯直りそうもないわ)

と溜息をついた。

第五章　穏田村の戦い

一

通いの稽古が終わり、若手二十六人衆の二日目十三試合が行われた。

住み込み門弟の重富利次郎らは順当に勝利を得て二戦二勝、連勝したものの中には霧子も入っていた。

二日目、その相手は二十六人の中で一番若い神原辰之助で、忍びの技を封じた霧子だったが、直心影流兵法の長短一味で負かした。すでに背丈五尺九寸の辰之助は三尺七寸の竹刀を用い、小柄な霧子は二尺五寸余の竹刀で応じた。

「古語ニ長キハ突キ、短キハ切レト云《イフ》」

の教えどおりに実戦の修羅場を潜ってきた霧子は、隙《すき》を見て内懐に飛び込み、竹刀の短さを補いつつ辰之助の胴をびしりと決めた。

また井筒遼次郎は田丸輝信と激しい打ち合いの末、一瞬の隙を突いて小手を落とし、勝ちを得て成績を一勝一敗と五分に戻した。

十三戦が終わった頃合い、まだ興奮冷めやらぬ道場の玄関に季助の呼ぶ声がした。

霧子が何事かと出てすぐ道場に戻ってくると、

「若先生、竹村早苗様がお見えにございます」

と報告した。

「おお、見えられたか。霧子、早苗どのを離れに案内《あない》してくれぬか」

「承知しました」

と霧子がきびきびとした挙動で磐音の命を受けた。その姿を見ながら、

(どうやら霧子も尚武館の一人に成長したな)

と思った。

「若先生、霧子さんに勝つ方法を教えてくださいませんか」

と未だ負けを悔やむ辰之助が磐音に言った。

「なんだ、辰之助、女に負けたのが悔しいか」

と利次郎がからかうように訊いた。

「重富様、明日の相手ですよ。若先生の言われることを聞いていたほうがお為です」

「辰之助、おれが明日、そなたに霧子退治の技を見せてやる。それまで若先生にお尋ねするのは保留せよ」

自信たっぷりに利次郎が言った。初日二日と相手を寄せ付けずに勝ちを得た自信が言わせる言葉であろう。

「利次郎どの、霧子を侮ってはならぬ」

「えっ、若先生はそれがしが霧子に打ち負かされると言われますか」

「勝敗は知らぬ。じゃが、そう容易《たやす》い相手ではなかろう。辰之助どのとの駆け引きをよく思い出すことじゃ。その動きに答えがあろう」

そうか、と利次郎が思わず腕組みして考え込み、

「あいつ、独り稽古で、われらとは滅多に打ち込みをしませぬでな。考えてみたらそれがし、霧子と久しく打ち合うた記憶がない」

「重富様、油断しておられると私の二の舞になりますぞ」

「辰之助、霧子がどのような動きを見せたか、おれに教えよ」

「教えてもようございますが、利次郎様としたことがちとずるうございますな」

「試合に、ずるいもなにもあるものか。敵を知り己を知れば百戦危うからずだ」

辰之助と利次郎が竹刀を構え合い、霧子の試合を再現するのを見ながら、磐音は道場を後にした。

離れ屋に竹村勢津と早苗母娘《おやこ》がいて、おこんが相手をしていた。

早苗の顔は紅潮し、緊張に強張《こわば》っていた。

「勢津どの、竹村さんの怪我の加減はいかがですか」

「熱は下がりましたが、なかなか腫れが引きません。老いたのでしょうか。若い頃よりだいぶ怪我や病気の回復が遅れます」

「四十路を超えられて、武村さんも力仕事はそろそろ無理な年齢でござろう」

「とは申せ、うちの人は不器用ゆえ、品川様のような居職《いじょく》の仕事はできませぬ。団扇《うちわ》を張らせても傘張り仕事を貰っても、武左衛門の仕事には大体苦情を言われますし、仕上がりが悪くて突き返されることもございます」

磐音は勢津の苦衷を初めて聞いた。

「竹村さんの向後は怪我が癒《い》え次第考えるとして、勢津どの、早苗どのを奉公に出されるおつもりはおありですか」

「屋敷奉公と早苗に聞きましたが、さようでございますか」

「やはり竹村さんは、早苗どのを商家に奉公に出すことは反対ですか」

「貧乏の極にあるにもかかわらず、あの人は刀を捨てきれない人にございます。おそらく早苗が商家に奉公すると言い出せば、商人の店にと怒り狂うのは必定にございましょう。私ども、永の裏長屋住まいで、疾《と》うに武家の矜持も誇りも忘れました。ですが、あの人だけが屋敷奉公していた昔のことを忘れられないのです」

「津《つ》藩藤堂家二十七万石の家臣であったと聞いておりますが」

「外ではそう広言しておりますが、当人のことではございません。先祖のことです。それも藤堂家の家臣ではございません。津藩伊賀領の無足人《むそくにん》と呼ばれる下士。苗字帯刀こそ許されておりますが、俸給とてなく、戦ともなればただ働きをさせられる農兵にすぎません」

磐音は初めて竹村武左衛門の先祖の出自《しゅつじ》を詳しく知ったことになる。

「されど、竹村さんが武士に拘《こだわ》られる以上、早苗どのの奉公先も考えに入れねばなりますまい」

「佐々木様。早苗には武家屋敷であれ商家であれ、お給金がいただけるところならばどこでもと、親子で話し合いながらこちらに参りました」

勢津の言葉に頷いた磐音は、母親の背に隠れるように座す早苗を見た。

「早苗どのの考えはどうじゃ。念のために聞いておこうか」

「父の出自を初めて聞きました。先祖の身分に縋る父が切のうございますが、それに拘らねば生きてはいけぬ父の気持ちもなんとなく分かります。貧乏暮らしは、なにかに縋らなければ生きていけぬものですから」

十三歳の早苗の言葉に磐音は頷いた。

「早苗どのの奉公先は、尚武館ではいかがかな。そのお気持ちがおありでしょうか」

勢津と早苗は、思いもかけない提案にしばし返答に窮した。

「竹村さんは嫌がられるであろうか」

「驚きました」

と勢津が呟いた。

「そなた方もご承知のように、それがしは佐々木家の養子、おこんも養女にござる。これまで佐々木家では、少ない奉公人で養母《はは》が切り盛りしてこられた。推測にすぎぬが、養父《ちち》も養母もお二人の代で佐々木家は断絶と考えてこられたからでござろう。こうしてわれらが佐々木家に入り、後が託され申した。おこんが懐妊でもすれば女手も要ります。早苗どのへのひととおりの礼儀作法は、養母とおこんにお任せくだされ。また給金は他家並みには出すことができようし、奉公となればお仕着せも用意いたします。寝間は、離れ屋は狭いゆえ母屋の部屋になります」

と磐音は二人に縷々《るる》説明した。

「佐々木様。大先生とお内儀様は、このことをご承知なのでございますか」

「勢津どの。先日、早苗どのに尚武館の奉公と話せなかったのは、養父と養母に許しを得ていなかったからにござる。その夜、お二人にもおこんにも相談いたし、三人の同意は得ております。勢津どのと早苗どのが承知なれば母屋にお連れいたします」

早苗が母親の背からにじり出ると、その場に、

がばっ

と平伏して、

「ご奉公、お願い申します」

と叫ぶように言った。

「勢津どのは、いかがですか」

ふうっ
と勢津は肩で息を吐いた。そして、

「佐々木様、おこん様、なんと勿体ないお話にございましょう。正直申しまして、早苗にとっても私にとっても夢のようなお話にございます」

「あとは竹村さんのお考え次第にござるな」

「佐々木様、武左衛門の気持ちはこの際、ご放念くださいませ。早苗がこのようにはっきりと意思を示したのです。なにがなんでも早苗の気持ちを尊重しとうございます」

勢津の言葉に磐音がおこんを見て、

「おこん、これからお二人を母屋にお連れすると伝えてくれぬか」

おこんが笑みで応じて母屋に向かった。

「母上、夢が叶いました」

「そなた、こちらへの奉公を望んでいたのですか」

「はい」

と頷いた早苗が、

「父は長年にわたって、日雇い仕事の失敗《しくじり》や酒の上での失態で母を困らせることばかりでした。子の私たちでさえ何度泣かされたことでございましょう。そんな父ですが、得難い友人をお持ちでした。坂崎磐音様と品川柳次郎様のお二人です。父にとっては勿体ない、宝物のような方々にございました。お二人がおられたからこそ、父がこれまで曲がりなりにも生きてこられたのだと思います。その坂崎様が佐々木様と姓が変わり、今津屋のおこん様と所帯を持たれて尚武館をお継ぎになりました。私はどこのお屋敷よりもお二人のもとで、尚武館で、ご奉公がしとうございます」

勢津の瞼が潤んで、

「早苗、よう言うてくれました。そなたがかようにも世間を見、母の気持ちを承知してくれていたとは、苦労して生きてきた甲斐《かい》がありました」

と娘に言った。それを聞いた磐音は、

「佐々木の養父と養母にお引き合わせいたします」

と立ち上がった。

半刻（一時間）後、表情が明るく変わった勢津と早苗母娘を、おこんと磐音は門前まで見送った。早苗の腕には、おこんが用意したお仕着せの単衣《ひとえ》や帯や履物の包みがあった。

佐々木玲圓とおえいを交えて話し合い、竹村早苗の佐々木家奉公が正式になった。奉公の日取りは武左衛門が承諾した後ということで、改めて勢津が返答を携えて尚武館を訪れることに決まった。

「勢津どの、竹村さんの気持ちが尚武館の奉公に傾かぬようならば、それがしが説得に参りましょうか」

「いえ、これだけは武左衛門に四の五の言わせません。早苗が自ら決めた道を武左衛門が閉ざす権利などございませぬ」

ときっぱりと言い切り、二人は弾むような足取りで神保小路を川向こうへと戻っていった。

「おこん、竹村さんはなんと言われようか」

「竹村様の抵抗は無駄かと存じます。女が肚《はら》を括れば強うございますからね」

「勢津どのは肚を括られたか」

「勢津様自らのことなら、竹村様の意に逆らうことなどなさらないでしょう。ですが、こたびは早苗さんの生涯に関わる話です。なにがあっても引き下がられることはございません」

「そうであるとよいが」

磐音が陽溜《ひだ》まりに寝そべる白山号の頭を撫でようとしたとき、品川柳次郎が汗を光らせて姿を見せた。

「おや、珍しい刻限においでになりましたね」

「本日、予定していた内職の材料が問屋から届きません。そこで早昼を済ませて稽古に来ました」

「熱心な精進ですね」

「お有どのが、最近私の体が引き締まったと言い、せいぜい頑張ってくださいと督励しますので、それに応えぬわけにいきません。そうでないと嫁に来てもらえませんからね」

と正直な気持ちを吐露した柳次郎が、

「この先で勢津どのと早苗どのに会いましたよ。二人ともにこにこ顔でしたが、なんぞよいことでもあったのですか」

「ちょうどよい。品川さんにも話しておこう」

と磐音は早苗の奉公話を告げ、もし武左衛門が反対ならばその折りは説得に当たってほしいと願った。

「早苗どのの奉公先が尚武館とは思いもしませんでした。ですが、考えてみればこれ以上の奉公先もない。第一、気心の知れた家で若先生とも知り合いです。それにお内儀様とおこんさんが行儀作法は厳しく躾《しつ》けられるでしょう。それに給金のとりっぱぐれもなさそうだ」

忌憚《きたん》のない柳次郎の意見に磐音が苦笑いした。

「若先生、今時、本所近辺の武家屋敷でまともに給金を払ってくれるところなんてありませんよ。それほど武家方の内所はどこも逼迫《ひっぱく》しています。ところが尚武館は江都一の道場で、大勢の門弟を抱え、客筋も悪くない」

「品川様にかかると、剣道場もお店の商いのようですね」

「おこんさん、いかにもそのとおりです。道場経営がいい加減なところは教え方も雑ですし、よい門弟も集まりません。所帯がしっかりしているしていないは、商いも剣術も同じです」

と柳次郎が言い切り、

「さあて、稽古をするか」

と道場に向かった。

この日の昼下がり、柳次郎が稽古を終えて尚武館をあとにした刻限、向田源兵衛が久しぶりに姿を見せたと、利次郎が離れ屋にいた磐音に知らせてきた。

磐音がおこんと顔を見合わせ、

「ほら、お見えになりましたよ」

とおこんが笑った。

「お顔を拝見してこよう」

磐音が道場に行くと、向田が、居残っていた門弟相手に殴られ屋の芸を披露していた。

相手は十七歳の神原辰之助だ。その様子を利次郎らが囲んでみていた。霧子だけは、どこか冷めた表情で離れたところから見ていた。

辰之助が勢い込めば込むほど、竹刀は向田源兵衛の五体のどこにも触れなかった。向田は一寸の間合いで若い辰之助の攻撃を躱しきり、

「大道での試しならば、都合五十文を請求するところにございますぞ」

と冷やかした。その向田の視線が磐音を認め、

「若先生、天下の尚武館で大道芸などを披露し、申し訳ございません」

と頭を下げて詫びる向田に、磐音は、

「久しぶりにございますな。若い門弟では、向田どのも力の出しようがありますまい。どうです、お相手願えますか」

と言った。

「若先生自らご指導いただけるのですか。尚武館に来た甲斐があったというものだ」

磐音と向田源兵衛の思わぬ立ち合いに利次郎らが沸いた。

立ち合いが二度目の二人は、相正眼に構えた。

向田は竹刀を構えると、殴られ屋商売で見せる軽妙な態度や動きが影を潜め、重厚な構えで磐音の正眼に応じた。

しばし睨み合った後、先に動いたのは磐音だ。

ふわり
と春風が吹き抜けたような踏み込みだった。

向田源兵衛も一拍遅れて磐音の動きに応じて竹刀を合わせた。

この日、磐音は先に先に攻め、いつもの、

「春先の縁側で日向《ひなた》ぼっこをしている年寄り猫」

と評される居眠り剣法を捨て、苛烈《かれつ》な攻めに終始した。それは見ていた利次郎らが言葉を失うほど徹底した厳しい速攻で、最初こそ互角に打ち合っていた向田の体勢が段々と崩れ、遂には防戦一方になり、それでも面や胴に強打が襲い続けた。だが、磐音は止めようとはしなかった。隙を見計らっていた向田源兵衛が、

さあっ

と引き、

「若先生、ご勘弁を」

と打ち合いの終わりを自ら告げた。

磐音も竹刀を引いた。

「最前の大道芸を怒っておられるか」

と弾む息の下、向田が訊いた。

「いえ、怒っておりませぬ」

「尚武館の若先生の剣は柔にして情あり、と聞いております。またご指導も懇切丁寧で優しいと評判じゃが、まるで火を噴くような攻めにございましたな」

「間宮一刀流の真髄《しんずい》を見たくて攻めてみましたが、向田どのはついに真《まこと》の力をお見せになりませんでしたな」

と磐音が笑った。

「やはりそうでしたか。過日、富岡八幡宮の境内にてわれらが闘争を止めに入られたは、玲圓様のお内儀様でしたか」

磐音が頷いた。

「向田どのが殴られ屋商いを始められたには、なんぞ理由《わけ》がありそうですね。向田どの、佐々木家が役に立つならば、これもご縁あったればこそ、ご相談くだされ。公方《くぼう》様お住まいの地の寺社境内の刃傷沙汰は、互いが厳しい罪科《つみとが》に処せられますでな」

磐音の言葉にじっと耳を傾けていた向田源兵衛が、

「有難きお言葉かな」

と短い返答で応じた。だが、それ以上向田の口は開かれなかった。事情を話すことを拒んだ向田は辞去の挨拶をした。

「若先生、これにて失礼いたす」

「向田どの、お忘れなさるな。それがしが向田どのを剣友として迎えたは、一時《いっとき》の便宜《べんぎ》ではござらぬ。一旦それがしが口にした言葉は終生の誓いにござる。尚武館はそなたの道場、修行の場にござる」

向田源兵衛の口が動きかけ、瞼が潤んだ気配があった。だが、言葉は発せられず、髭面を深々と下げると踵を返して道場を出ていった。

二

桐の花に雨が降りかかり、薄紫色の筒花が地面に散り落ちた。もはや花の季節から葉の季節へと移ろうとしていた。

日も静かに過ぎていった。

竹村家からはなかなか返答がなく、磐音もおこんも、

「やはり尚武館では駄目であったかな」

「竹村様は迷っておいでなのではありませんか」

「それとも怪我の治りが悪いか」

と言い合った。

毎朝の慣《ならい》の二十六人衆総当たり戦は半ばを過ぎて、重富利次郎ら五人だけが全勝を守っていた。利次郎は、実戦の修羅場を経験し、忍びの技を秘めた霧子との壮絶な打ち合いに競り勝った後、余裕を見せて順調に白星を重ねていた。

井筒遼次郎はなんとか五分の成績であったが、星以上に、伸びやかな戦いぶり

で、磐音は、

（これでよい）

と密かに思っていた。

遼次郎は、磐音が出た坂崎家に養子に入り、坂崎を継ぐことが、坂崎、井筒両家で話し合われ、決まっていた。

磐音は、自らに代わって坂崎の家を継ぐ遼次郎に、

「王者の剣」

を身に付けてほしいと思っていた。わずかばかり技量が上がるより、剣修行を通して武士としての覚悟と矜持を自得してほしいと願っていた。

磐音は、遼次郎が尚武館の門弟の多さと技量の高さに驚きつつも、

「人は人、吾は吾。剣とはなにかを学んでいる」

という態度を見守っていた。

夏の雨が通り過ぎた後、夕間暮れの江戸の町に虹《にじ》が架かった。神保小路から眺めると、大川の真上に架かるような大きな虹であった。

磐音は桐の花がすべて雨で散った様を見ていた。淡紫色が淡く浮かんで、どことなく寂しげだった。

白山が吠え、なかなかやめようとしなかった。だが、門には季助も利次郎らの長屋もあり、怪しい者ならばすぐに対応した。

ふいに白山の吠え声がやみ、人の気配を感じた磐音は顔を上げた。すると湿った夕闇に、竹村武左衛門が竹の杖《つえ》を突いて立っていた。

乱れた鬢《びん》も着流しの肩も雨に濡れていた。

「おお、竹村さん、怪我はよいのですか」

磐音の問いに答えようとはせず、沈黙したまま立っていた。

「いかがなされた」

と問い返した磐音は、

(やはり早苗どのが佐々木家に奉公することには反対であったか)

と雨の降る中、怪我の身で武左衛門が大川を渡り、神保小路まで杖を頼りに出かけてきた心中を察した。

「佐々木磐音、竹村さんに詫びねばならぬようです。まずは離れ屋にお通りくだされ」

武左衛門が足を引きずり、杖に縋って磐音に従ってきた。

「おこん、竹村さんがお見えじゃ」

磐音の声におこんが玄関に姿を見せたが、

「まあ」

と言うと、その姿に絶句した。

「雨に濡れておいでのようじゃ。おこん、着替えを出してくれぬか。それとも湯殿に案内して湯に浸かってもらうか」

「お待ちくだされ」

と磐音がおこんに言ったとき、
と応じた武左衛門が杖を捨て、その場に、
がばっ
と座した。

「竹村様！」

おこんが叫んで抱き起こそうと動きかけた。それを磐音が制した。

「磐音どのと呼ばせてもらおう」

「なんなりと言うてくだされ」

武左衛門が顔を上げた。

雨か涙か、武左衛門の頬を滴《しずく》が伝うのが見えた。

「早苗がこと、宜しゅうお頼み申す」

それをわざわざ伝えに来たのか。

「竹村さん、話は相分かり申した。座敷にお上がりください」

「いや、そなたらのご返答がこの場で聞きとうござる」

「竹村さん、忌憚のう尋ねるが、早苗どのの佐々木家奉公、なにか気にかかることがおありですか。われら友なれば一切の遠慮は要らぬ」

いや、と武左衛門が顔を横に振った。すると乱れた髪から雨の滴が散った。

「早苗の心をそれがしは知らなかった。ここ数日、早苗と勢津がなんぞ言いかけては口を噤《つぐ》むで、なにか頼み事があるとは承知しておった。最前、勢津が内職の品を問屋に届けに参ったあと、早苗が奉公に出たいと言い出した」

「早苗さんが」

とおこんが呟く。

磐音は式台から下りて武左衛門の前に片膝《かたひざ》を突いた。

「それがし、頭ごなしに、ならぬ、そなたが奉公する際は父親がよきところを見付けてやると一蹴した。だが、早苗は話だけでも聞いてくださいと、日頃になく強情にも言い張った」

「竹村さん、聞かれたのですか」

「恥ずかしながら、ならぬ、貧乏がそれほど厭《いや》か、親と子が共に過ごす幸せに比べれば貧乏などなにほどのことがあろう、と怒鳴りつけた」

「早苗どのはいかがなされた」

「すっ、と姿を消しおった」

「それで」

「四半刻（三十分）経った頃か、柳次郎が姿を見せてすべてを話してくれた」

ふうっ
と大きな息を吐いた武左衛門は、

「子の心、親知らずとはそれがしのことであった。周りがそれがしのことをさほどまでに考えてくれておるとも知らず、早苗の話さえ聞こうとしなかった。柳次郎にこんこんと説諭されてようやく自分の愚かさが分かった」

「それで竹村様、尚武館にいらしたのですね」

「おこんどの、気が付くとそれがしの態度に呆れたか、柳次郎の姿も消えていた。それがし、独りになって今までのことをつらつら考えたが、勢津に亭主らしいこと、子には親らしいことをなに一つしてこなかった自分がつくづく嫌になった。

せめて早苗の頼みを聞き届けようとの一念で、こうして神保小路まで参った。磐音どの、おこんさん、頼む、早苗を奉公させてくれ。一人前の武家の娘に躾けてくれぬか」

悲痛な叫び声だった。

「竹村さん、早苗どのの佐々木家奉公に反対はなさらぬのですね」

磐音の重ねての問いに、武左衛門はしばし口を噤んでいた。

門前で人の気配がして白山が吠えたが、今度はすぐにやんだ。

「磐音どの、わが竹村家の周りにこのような奉公先があったとは武左衛門、思いもよらなんだわ。江都一の尚武館に奉公でき、その家には磐音どのがおられ、おこんさんが嫁がれている。これ以上の奉公先がどこにあろうか。それを娘の話を聞こうともせず頭ごなしに怒鳴りつける親がどこにあろうか」

おこんは桐の花が散った庭に、品川柳次郎と竹村早苗の姿があるのを見ていた。

武左衛門を案じて駆け付けたのだろう、二人とも肩で息をしていた。

「竹村さん、早苗どのを、佐々木家で立派な娘に育ててみせまする」

磐音が言い切り、武左衛門が、

「お願い申す」

と平伏すると、

「父上」

と叫んだ早苗が、

「わあっ」

と泣き出し、柳次郎が、

「旦那め、心配をさせおって」

とどこか安堵した様子で呟いた。


磐音は住み込み門弟を本所南割下水の半欠け長屋と品川家に使いに立て、武左衛門も早苗も、そして柳次郎も尚武館にいることを伝えさせた。

その上で磐音は武左衛門を母屋の湯殿に連れて行き、雨に打たれた身を湯に浸からせ、着替えさせた。

離れ屋に戻ると早苗の緊張した顔があった。

武左衛門が早苗の前に痛む足で正座し、

「早苗、心配をかけてすまなかった」

と詫びた。

ようやく涙が止まった早苗が再び泣き崩れようとしたが、堪《こら》えた。

「父上」

「早苗さん、ようございましたね」

「喩《たと》えが合うているかどうか分からぬが、雨降って地固まるとはかようなことですか」

とおこんの言葉に応えたのは柳次郎だ。

「磐音様、内祝いに、少しばかり酒をお出しいたしましょうか」

とおこんが言い出し、膳の仕度のために立ち上がろうとした。

住み込み門弟を大勢抱える佐々木家では、急の来客が三人や四人増えたところでなんの差し障りもなかった。

「おこんさん、酒はやめましょう。竹村の旦那がようよう改心したところです。酒を飲ませるとまた元に戻ります」

と柳次郎が止め、

「柳次郎、大川から杖に縋って歩いてきたのじゃぞ。喉がからからに渇いておる。ほんの少々気付けに」

「父上、なりませぬ」

と早苗が厳然とした声音で断り、武左衛門が慌てて首を竦め、

「近頃では勢津か早苗かよう分からぬ。狭い長屋に女房が二人おるようじゃ」

と呟いた。

夕餉を食し、尚武館で頼んだ駕籠《かご》に乗せられた武左衛門と、それに付き従う柳次郎と早苗を見送るため、磐音は神保小路下まで行った。手に白山の綱を引いている。

「若先生、もはやここにて結構です。あとはそれがしが二人を南割下水まで送り届けます」

と柳次郎が言い、磐音は川を渡る三人と柳原土手で別れることにした。

「さて、戻ろうか」

白山に言いかけると、磐音は屋敷町を辿らず神田川沿いに上がり、上水道から小栗《おぐり》坂を下って神保小路の尚武館に戻ることにした。そのほうが、白山の用足しができる土手が続くからだ。

昌平橋から淡路《あわじ》坂を上がり、太田《おおた》姫稲荷《ひめいなり》の祠の先までは、神田川を見下ろしながらの土手道だ。

太田姫稲荷は、太田道灌《どうかん》が娘の疱瘡《ほうそう》の治癒《ちゆ》を祈って、山城《やましろ》国一口《いもあらい》里の稲荷を

勧請《かんじょう》して建立したものだ。そのせいで一口稲荷とも呼ばれた。

磐音は稲荷社の祠に拝礼して、土手に下りた。

道はその先で武家屋敷を抜けていくからだ。

白山は土手の草叢《くさむら》に小用をしながら歩いていたが、突然背の毛を逆立てて唸り声を上げた。全身から炎がめらめらと立ち昇るほどの憤怒の様相だ。

「ほう、そなたの仇敵がまた姿を見せたか」

磐音は辺りを見回した。

闇に紛れていたが、過日尚武館に侵入する際、白山に眠り薬を塗《まぶ》した獣の生肉を与えた連中だ。

「知らぬ仲ではあるまい、姿を見せよ」

磐音の声に勃然《ぼつぜん》と草叢が戦《そよ》ぎ、十数人の人影が立った。

戦闘衣装の黒装束、頭には鉢形の兜《かぶと》をかぶり、それぞれが忍び緒で顎《あご》に固く結んでいた。

「奸三郎丸はおるか」

答えはない。だが磐音は、どこからか、雑賀泰造日根八とおてんの間に生まれたかもしれぬ奸三郎丸多面が様子を窺っていると思った。ということは、奸三郎丸の真の行動の日が近付いたということではないか。

磐音は囲んだ輪の中の数人が短弓を持参しているのを見て、白山の綱を外した。

「白山、草に隠れていよ」

解き放たれた白山は若草に身を潜めた。

磐音は折りから雲間を割った月に向かって包平《かねひら》を立てた。

ひゅん
と弓弦が鳴って短矢が三方から飛来した。

磐音は草の土手を矢に向かうように正面に走り、二本の矢を切り分けるとさらに右手に飛び、土手の下方から飛来した三本目を弾き落とした。

二の矢が番《つが》えられた。

その弓方の体がふいに足元を掬《すく》われたように虚空に飛び、土手に転がった。

磐音は、白い姿が草叢に隠れて弓方の一人の足元を強襲し、さらに反転すると二番手の弓方に飛びかかって腕を咬《か》み切り、さらに三番手の喉笛《のどぶえ》に飛びかかるのを見た。

白山は先夜の仇《かたき》を討とうとしていた。

十数人の奸三郎丸一派の陣形が一瞬にして崩れた。

磐音は直ちに布陣を立て直そうとする相手に向かい、踏み込んだ。すると三人が即応して磐音の前を囲んだ。

磐音は正面の敵を見据えつつ、土手上の左に飛んでいた。

直心影流兵法の右転左転の動きだ。

この兵法、孫子《そんし》の教えに発するとも伝えられる。大軍に遭遇して勝ちを得るには奇道、正道を巧みに使い分けることだという。

「凡《およ》そ戦は、正を以て合い、奇を以て勝つ」

直心影流もまた、互いに敵の実を避け、虚を打たんとして左右に転ずるもあり、と説く。

磐音は長刀を振り下ろしてくる相手に向かい、内懐に飛び入ると、忍び緒を切り裂くようにして喉元を裂いていた。

ぱあっ

と血飛沫《ちしぶき》が上がった。

磐音は承知していた。

これは戦だと。

家基を亡き者にしようとする田沼意次の野望を見逃すわけにはいかなかった。

一人でも見逃せばそれだけ家基の命が危うくなるの一念で、決死の勝負を挑んでいた。

磐音の前に黒塗りの兜を光らせた大兵が飛び込んできた。

薙刀《なぎなた》が磐音の足元を掬い、磐音は虚空に飛んだ。

反《そ》りの強い刃《やいば》が月光を受けてきらきらと煌《きら》めきながら円弧を描き、虚空にある磐音が落ちてくるところを狙った。

磐音は飛翔から落下に転じると体を捻《ひね》り、兜を避けて首筋と肩口の間に包平を叩き付けた。

げえっ
大兵が立ち竦み、薙刀の刃が無益に流れて土手に転がったとき、磐音は人垣の中に自らを飛び込ませていた。

刃が四方から伸ばされた。

磐音はその刃の遅速を見極め、早き刃を斬り、次の刃を避け、三番手に二の手を送り込んだ。

乱戦の足元を白山が走り回った。

敵方が半数に減ったとき、斃れた仲間を残して退却に移った。

無音の命は対岸の昌平坂学問所遠的《えんてき》稽古場辺りからきた。

黒雲が漂う向こうに奸三郎丸が潜んでいたと磐音は思った。

野分《のわき》が吹き荒れた土手に六人が斃れていた。その他、白山に咬まれた弓方が呻《うめ》きながらその場から逃れようとしていた。

「そなたにはちと用がある」

抜き身を下げた磐音の出現に相手は驚いたか、兜の下の眼を見開いた。だが、すぐに脇差《わきざし》に手をかけると、自らの喉元に突き立てようとした。その脇差を包平が払い、峰に返された包平が、
がつん
と兜の鉢金《はちがね》を殴り付けた。

両眼を見開いたまま弓方の上体が硬直し、ばたりと後ろに倒れて気を失った。

「白山、もうひと仕事残っておる」

磐音は包平に血振りをくれると鞘《さや》に納め、気絶した弓方を肩に担ぎ上げ、

「白山、表猿楽町まで引き返すぞ」

と土手を上がり始めた。

三

表猿楽町の御側御用取次速水左近邸を犬を伴った磐音が訪ねると、門前が開かれ、主《あるじ》がただ今帰邸したらしい様子で式台前にはまだ乗り物があった。

折りから乗り物を出て立ち上がった速水左近の全身に重い疲労が滲んでいた。

速水が門前にふうっと視線を向け、

「おお、磐音どの、よいところに」

と言いかけ、

「その肩に担がれた黒装束はなんでございますな」

「御側に寄ってようございますか」

「遠慮は要らぬ。ささっ、こちらへ」

「門番どの、この白山を門に繋いでくだされ」

と願った磐音は、肩に乱波《らっぱ》を担いだまま速水左近に近付き、足元にごろりと転がした。

速水が人払いをした。

磐音はそれを確かめ、神田川の太田姫稲荷の土手での騒ぎの顚末《てんまつ》を告げた。

「なんと、城外でもそのような動きがござったか」

「城中でも訝《いぶか》しきことがございましたか」

「磐音どの、四人目の怪死者が出た。家基様御側小姓の下山公忠《しもやまきみただ》が昼餉を食したあと、嘔吐《おうと》を繰り返し、つい最前身罷《みまか》りましてな。明日にも桂川甫周先生の検視を仰ごうと、西の丸に手配を命じてきたところにござる」

「どうやら奸三郎丸多面、動き出したかに見えますが」

「いかにもさよう」

「こやつの身、速水様を通して大目付に預けようかと思いましたが、それがしが頂戴して参りましょう」

「どうなさるおつもりか」

「桂川先生の検視、明日と言わず今晩できませぬか」

速水左近が磐音の顔を正視してしばし沈思し、

「時を失することもあるまい。直ちに手配いたす」

と請け合い、

「ならばそれがし、これにてご免蒙《こうむ》ります」

と磐音は再び黒装束の乱波を担ぐと踵を返した。

磐音が速水邸を辞して一刻（二時間）後、駒井小路の御典医桂川邸から急ぎ西の丸に上がる甫周国瑞の乗り物が二基用意され、一つの乗り物に国瑞が緊張の面持ちで乗り込んだ。だが、もう一つの乗り物にはだれも乗り込む様子はない。

夜間、火急の西の丸訪問に提灯持ち、御薬箱持ち、警護の供侍が一人加わり、駒井小路を出ると、

ひたひた

と御堀端に出て、右回りに呉服橋に向かった。

その一行に、二つの影が密かに従った。

弥助と霧子だ。

道三河岸《どうさんがし》を進んだ一行は和田倉御門を潜り、老中屋敷や譜代《ふだい》一門の大名家が並ぶ大名小路を抜けて、坂下渡り門から西の丸に入った。

裏御門から西の丸に入った一行を密かに迎えた者がいた。

「ご苦労に存じます」

家基の近習《きんじゅ》の一人三枝隆之輔だ。

一行から弥助と霧子の姿は消えていた。

「桂川先生、こちらへ」

二基目の乗り物から気絶した乱波の体が出され、警護をしてきた侍が肩に担ぎ上げた。

三枝に案内されて、桂川国瑞、御薬箱持ち、警護の侍の順で西の丸の曲がりくねった畳廊下を奥へと進んだ。すると一丁も進まぬうちに桂川国瑞らを、もやっとした重苦しい気配が取り囲んだ。

さらに何曲がりも進み、西の丸最大の百間の長廊下に差しかかった。

警護の侍は肩に担いだ黒装束を下ろすと、畳廊下の真ん中に置き去りにして主を追った。

御側小姓の亡骸《なきがら》は不浄門から出されるばかりの仕度を終え、かたわらには柩《ひつぎ》が用意されていた。

国瑞は下山公忠の嘔吐物の臭《にお》いを嗅いでいたが、御薬箱持ちに命じて何種類かの薬品を出させて、嘔吐の一部をその薬品に混ぜ合わせる作業に没頭した。

その間、深夜の検査をあちらこちらから凝視する目があった。

「山鳥兜《やまとりかぶと》の根茎から抽出した猛毒が、食事に混入されていたようですな」

と国瑞が警護の侍、佐々木磐音に言った。

「われら医師は古くから山鳥兜の根茎を附子《ぶし》または烏頭《うず》と呼び、神経痛などの痛みの治療に使いますが、量を超えると猛毒に化します」

「お医師の他に附子や烏頭なるものを用いる者はおりましょうか」

初めて磐音が訊いた。

「山野に寝起きして修行に励む山伏《やまぶし》や修験道《しゆげんどう》の行者ならば、植物の特性を承知にございましょうな。そして、今一つ、乱波や忍びの者ならばお手のものかと思われます」

深夜の城中に桂川甫周国瑞の言葉が木霊《こだま》して響いた。

「詳しくは屋敷に持ち帰り、検査いたします」

「ならば引き上げますか」

再び三枝に導かれて長大な畳廊下を一行は戻り始めた。すると、磐音が最前乱波を放置した百間畳廊下に差しかかった。

太田姫稲荷の土手で磐音を襲い、手捕りにされた奸三郎丸の手下《てか》の体は未だ放置されていた。

三枝の歩みを止めた磬音が、

すすすっ

と廊下を進んで、最前磬音が担いできた手下の傍《そば》に寄った。

「小細工をしおって」

磬音の言葉が終わらぬうちに俯《うつぶ》せに転がっていた手下が、

ごろり

と気配もなく転がり、その手から隠し持った刃が白い光に変じて伸び、磬音の足を撫で斬ろうとした。だが、磬音は虚空に、

ふわり

と身を飛ばすと腰の一剣を抜き放ち、立ち上がろうとした乱波の脳天に刃を送り込んだ。

「げえぇっ」

と腰砕けに落ちた乱波の体から、血の臭いが畳廊下に流れた。磬音は、

すすすっ

と桂川国瑞のもとへ後退した。

一行を押し包むもやっとした気配が緊迫して、

　さあっと包囲の輪を縮めた。

　三枝隆之輔が、

「何奴《なにやつ》か」

　と誰何《すいか》した。

「佐々木磐音は己《おの》がこと、とくと承知」

　奸三郎丸の声は赤子のように甲高く、遠い宇宙の果てから響いてきた。

「雑賀泰造日根八が女狐おてんの腹にそなたを宿して身罷ったは、二年前のことであったな。それがしが憐憫からおてんを見逃したばかりに、奸三郎丸多面がこの世に生を享《う》けたというか」

「言うな」

「そなた、この世に生を享けて二年余り。すでに雑賀衆を率いる頭目の地位に就いたか」

「母の胎内で百有余年の闇を経験してきたおれだ。光を見て二年、佐々木磐音を討つに十分な歳月《としつき》じゃぞ」

「母おてんはどうした」

「己がお袋の腹を掻き破って出た折りに死んだわ」

「父の雑賀泰造も惨死、おてんもそなたに生を託して死んだとなれば、奸三郎丸、そなたも父母の待つあの世に参るがよい。佐々木磐音が介錯《かいしやく》仕《つかまつ》る。恐れ多くも、西の丸はそなたらが巣食う場ではない」

「佐々木磐音、父母の仇をまず討つ。そして、家基を西の丸から本丸へと引っ越しはさせぬ」

奸三郎丸は、

「家基を十一代将軍位には就けぬ」

と宣告したのだ。

その直後、長い百間長廊下に黒雲が渦巻いて押し寄せてきた。

廊下の端に置かれた行灯《あんどん》の灯《あか》りもうすぼんやりと黒雲の中に沈み込み、視界を閉ざした。

磐音は包平を口に咥え、桂川国瑞の警護の侍に化けるために着用した黒羽織を脱ぎ捨て、鞘の下げ緒を解くと襷《たすき》にかけた。口から手に刃を戻し、

「いざ奸三郎丸、勝負の時ぞ」

と声をかけた。

「佐々木磐音様、手下はわっしらが」

弥助の声が磐音の背後からした。霧子を従えた密偵は、黒雲が渦巻く長廊下に自らの体を沈み込ませていたのだ。

黒雲の渦が乱れ、動いた。闘争が始まったのだ。

磐音は呼吸を整えると長廊下を粛々と進んだ。

家基に危害をなすために西の丸に入り込んだ以上、一人残らず殲滅《せんめつ》するのが佐々木家に入った者の使命だった。

黒雲の渦の中から悲鳴が上がった。

磐音の身を黒雲が押し包もうとした。

磐音の包平が右転左転して二人、いや、三人の襲いくる乱波を斬り捨てた。黒雲が薄れた。

すると四、五人を相手に弥助が奮闘していた。雑賀衆の仲間であった霧子には、さらに多くの昔の仲間が押し包んでいた。

磐音はするすると進むと、

「霧子、多勢を不利と考えるは虚、戦う相手は常に一人と思え。それが剣の実ぞ」

「はっ、若先生」

と霧子が前面の敵に反撃を開始した。

磐音は奸三郎丸多面の分身と思える、霧子を囲む黒影に近づくと、黒雲が、
すうっ
と霧子から離れ、磐音に渦巻いてきた。

包平がハの字に斬り分けられ、さらに逆胴を抜き、下段から擦り上げられた。

一人ひとりの間合いを読み切った磐音が腰を据えての斬撃《ざんげき》だ。

流れるような一連の動作に四人が斬られて戦いの場から消えた。

霧子も一人を仕留め、冷静な動きで次なる相手に立ち向かっていた。

弥助を囲んでいた黒雲が渦巻き千切れて磐音を強襲した。だが、平静の中にも、

「家基を守る一念」

の覚悟の剣は、怯《ひる》みなく淀みなく苛烈を極めた。さらに三つの黒影が百間長廊下から消えた。

不意に磐音の周りから黒雲の渦が掻き消えた。すると弥助が畳廊下に膝を突き、
霧子が長廊下の鴨居《かもい》に足を絡めて頭を下にぶらさがっていた。

「弥助どの、怪我を受けたか」

「なあに掠り傷で」

「ならば霧子とともに桂川先生の身を守られよ」

「畏まりました」

二人は気配もなく国瑞の元へ退《ひ》いた。

磐音は血刀を提げて百間長廊下を睨み据えた。

「奸三郎丸多面、面を曝さぬか」

答えはない。

その代わり、天を突きぬけるような、
ひゅひゅっ
という甲高い調べが響いた。

笙《しょう》の音だ。

磐音は包平に血振りをくれた。そして、右手一本に提げた。

笙の調べが西の丸の百間長廊下を突きぬけて天空に舞い、次の瞬間には地に下りて地中深くに潜り込み、再びこの世をさ迷った。

百間長廊下の突き当たりの襖《ふすま》に、老松が永久の緑を湛えて描かれていた。

その襖におぼろな貌《かお》が重なって映じた。

も見えた。

皺《しわ》くちゃな大きな貌だ。それは齢《よわい》百歳の翁《おきな》のようでもあり、赤子の貌のように

「ようよう面を曝したか」

「坂崎磬音、許しはせぬ」

笙の音と同様に透き通った高音だ。

「それがし、佐々木磬音と申す」

「いや、奸三郎丸にとって両親《ふたおや》の不倶戴天《ふぐたいてん》の敵の名は、坂崎磬音じゃぞ」

「父母のもとへ参るがよい」

磬音が非情にも宣告した。

「いや、そなたの首を雑賀泰造日根八とおてんの墓前に晒《さら》すが先ぞ」

笙の調べに風音が加わり、襖絵から巨《おお》きな貌が抜け出た。

磬音は両の瞼を薄く閉じ、無念無想に身と心を置いた。

百間長廊下いっぱいに貌が押し寄せてきた。それが磬音に二十数間と迫り、さらに十間、七間と間合いを縮めたところで、皺くちゃの貌がふいに弾けた。

牙を持つ口が大きく開かれ、百面の貌が蠢《うごめ》き、磬音の喉を掻き切るかのように襲いきた。

磐音は百面に実と虚を見ていた。

両眼が見開かれた。

次の瞬間、提げられていた包平が正眼に戻され、襲いくる百面の一つの貌に向かって迷うことなく振り下ろされた。腰を入れた斬撃だった。

皺くちゃな顔に刃が、

すうっ

と食い込み、磐音はまず百有余年の腐臭を嗅いだ。

け、けええっ

笙の音が高く高く虚空に逃げ昇りつつ、ふいに息切れして絶えた。

その瞬間、包平は奸三郎丸の貌を両断していた。

すうっ

と漂い残っていた黒雲の渦が百間長廊下から消えた。

今まで異変を見せていた百間長廊下の行灯が静かに灯心をくゆらせ、辺りにぼんやりとした光を放っていた。

背後を振り返った。

桂川国瑞と御薬箱持ちの二人を、弥助と霧子が守って片膝を突いていた。

「弥助どの、霧子、西の丸から奸三郎丸なる雑賀衆残党が消えたかどうか調べてくれぬか。それがし、桂川さんを玄関先にお送り申し、そなたらに加わる」

「畏まりました」

二人の姿が国瑞のかたわらから消えた。

「佐々木さん、ただ今眼前に起こったことは真のことにございましょうかな」

驚きの声が訊いた。

「真と見れば真、虚と見れば虚。およそ乱波の行動に虚実を求めても無益にございます、桂川さん」

「さてさて心迷うことよ」

「心迷うとは」

「蘭学をはじめ、異国ではすべて物事の道理、因ありて果を生じます。そのように実証されて初めて学問として認められます。私が学ぶ医学もまたしかりです。佐々木さんと知り合うて、異国の学問だけでは説明のつかぬことがこの世にあることを知らされました」

「桂川国瑞先生のお心を乱して、真に心苦しいことにございます」

西の丸裏御門には依田鐘四郎が待ち受けていた。速水左近を通して手配された方策の一つだった。

「師範、桂川さんを駒井小路まで送ってくだされ」

畏まりました、と答えた鐘四郎が、

「若先生はいかがなされますか」

「奸三郎丸多面の一統が残っておらぬかどうか、西の丸の隅々まで調べます」

磐音はすでに御駕籠に乗り込んだ国瑞に会釈をすると、西の丸の奥へと戻っていった。

磐音らの捜索は、西の丸御殿から山里、紅葉山、歴代六将軍の御霊屋《みたまや》、宝蔵、具足蔵、鉄砲蔵、書物蔵、屏風蔵《びょうぶ》と一つも余すことなく調べられ、ついに道灌堀の土手水面下に、隠れ家に出入りする穴を発見した。

穴は、山里の森に枯れ立つ千年杉の空洞へと通じていた。

磐音らが空洞に潜む雑賀衆乱波奸三郎丸一派の残党を掃討したとき、西の丸入りして四日目の朝が明けようとしていた。

捜索の間に西の丸御番組頭彦根菊右衛門ら七人が職を解かれて、それぞれ小普《こぶ》請《しん》入りした。

「これで家基様もご安心なされてお過ごしなされよう」

と磬音が弥助と霧子に向かって呟き、長い戦いが終わった。

四

白桐の若葉に夏の雨が静かに降り注いでいた。

おこんは道場から聞こえる若手二十六人衆の試合の緊張の声を聞きながら、磬音の浴衣を縫《ぬ》っていた。

(これが幸せというものかしら)

佐々木家の離れで独り縫い物をする自分が不思議だった。

(深川六間堀育ちの私が武家の嫁だなんて)

自らの転変の人生が信じられなかった。

おこんは針先を鬢《びんつ》の鬢付け油に付け、また浴衣地に一刺し加えた。

(思えば私の変化の兆しは、お父っつぁんに連れられて坂崎磬音様が今津屋を訪れた日に始まるんだわ。あの日、両替商今津屋は偽の南鐐二朱銀《なんりょうにしゅぎん》騒動の最中にあって、その騒ぎを、お父っつぁんが連れてきた春の陽射しのように長閑《のどか》な風情《ふぜい》の磬音様が取り鎮めたことがきっかけだったわ。その人が今や私の旦那様だなん

て）
　おこんは銀五郎親方が植えてくれた桐の葉に細い雨が当たるのを見て、
（これ以上の幸せは夢にも考えることができない）
　と思いながら針を動かし続けた。
　尚武館の門下では、白山が所在なさげに神保小路に降る雨を眺めていた。
　ふわっ
　と欠伸《あくび》をした白山の視界に、髭面の男が雨に打たれながら歩いてくるのが見えた。だが、尚武館の門まであと十数間というところで男の足は止まり、迷う様子を見せた。
　破れた菅笠《すげがさ》から額に雨の滴が垂れ落ちてきた。男は拳《こぶし》で滴を拭うと白山の前まで歩いてきた。
「おい、白山、別れじゃ。この文はな、若先生に宛てたものじゃ。佐々木磐音様にお渡ししてくれぬか」
　と言うと、犬小屋の屋根に懐から出した書状を置き、濡れそぼつ衣服のまま、
　がばっ
　と白山の体を抱いた。

「そなた、幸せ者じゃな。精々、佐々木家に忠義を尽くせよ」

　と言い聞かせた向田源兵衛が、

「さらばじゃ、白山」

　と思いを断ち切るように立ち上がり、神保小路から足早に遠ざかっていった。

　白山は濡れた体をぶるっと震わせて、向田源兵衛の背を見た。

　道場では三日間朝稽古に姿を見せなかった霧子が、越前大野藩の家臣鈴木一郎平と対決していた。

　二十六人衆の中でも一番年長の二十四歳の鈴木一郎平は、大野藩では御番組だけに、この朝まで白星を重ねて意気軒昂《けんこう》だった。

　霧子も重富利次郎に引けをとった一試合しか負けはなかったが、この三日の試合欠場で争いから離脱していた。欠場は理由の如何《いかん》を問わず負け、と磐音が前もって宣告していたからだ。

　その霧子の三日間の不在の間、磐音もまた道場に姿を見せることなく、若手の対抗試合の審判は玲圓が務めていた。

　利次郎は、霧子が磐音と行動を共にしての欠場と推量した。だが、久しぶりに道場に姿を見せた霧子は五体から近寄りがたい殺気を漂わせて、欠場の理由など訊けなかった。

全勝を続けてきた鈴木一郎平は、立ち合いの瞬間から、霧子の細身に漂う凄みと炯眼《けいがん》に威圧され、いつもの動きを失っていた。

霧子は静かに間合いを詰める。すると思わず鈴木が後ずさりして、

（なにくそっ）

と自らに気合いを入れ直し、

「お面！」

と踏み込んだ。

同時に踏み込んだ霧子の、定寸より短い竹刀が鮮やかに翻《ひるがえ》って、
ばちり
と巻き付くような胴打ちが決まった。

この朝、鈴木一郎平が霧子に敗北したことで、全勝者は重富利次郎ら三人に減り、それに続く一敗の者も五人を数えるのみとなった。

十三組の立ち合いが終わった後、利次郎が鈴木一郎平に、

「鈴木さん、お気の毒でしたな」

と声をかけた。

「どういう意味かな、でぶ軍鶏《しやも》どの」

鈴木が動揺と落胆を押し隠すように低声《こごえ》で応じた。

「今朝の霧子はだれが挑んでも勝てぬ。なにやら殺気がめらめらと立ち昇っておったわ」

ふうっ
と息を一つついた鈴木が、

「そうご覧になったか、そなたも」

「霧子め、戦場《いくさば》から立ち戻ったような雰囲気であったぞ。それに当たった鈴木さんは運が悪かったのだ」

「そなたに同情されても、いささかも嬉しゅうない。確かにあれは尋常の目ではなかったわ」

と霧子の姿を求めるように鈴木の視線が道場をさ迷ったが、すでにいなかった。

犬小屋の屋根に文が置かれているのを見つけたのは、道場を去ろうとした井筒遼次郎だ。宛名が、

「尚武館佐々木磐音若先生」

と認《したた》めてあるのを見た遼次郎は、文を手に踵を返して離れ屋に向かった。

「若先生」

「あら、遼次郎様、御用ですか」

姿を見せたおこんが、遼次郎が手にした文に視線を落とした。

「おこん様、白山の小屋の屋根にこの文が置かれておりました」

(だれからかしら)

と思いつつも、

「遼次郎様、じかに届けていただけませんか」

と願った。

磐音は居間で茶を喫していた。

「それがしに文とな」

玄関先の会話が聞こえたか。わずかに雨に湿った書状を遼次郎から受け取ると、磐音は裏に返した。

「おや、向田源兵衛どのからじゃぞ」

と呟き、封を披いて速読した。

おこんは磐音の顔色が変わったのを察した。二度目、今度は熟読した磐音は、思案の体《てい》で文を封に戻した。そして、いつもの平静に戻った顔で、

「どうじゃ、遼次郎どの、われらの朝餉に付き合うてくれぬか」

と豊後関前藩国家老の坂崎家を継ぐ運命を負った遼次郎を誘《いざな》った。

「急なことで、おこん様がお困りでしょう」

遠慮する遼次郎に、

「おこん、膳が一つ増えてもよかろう」

と磐音が尋ねた。

「遼次郎様、住み込みの方も大勢おられます。一人や二人増えたとてなんの支障もございません。しばしお待ちくださいませ。すぐに仕度をいたします」

おこんは言い残すと台所へと立った。


雨がしとしとと降り続いていた。

五つ半（午後九時）の頃合い、磐音がふいにおこんに告げた。

「おこん、しばし出かけて参る」

どちらへ、と訊きたい胸中を抑えて、

「お気を付けて行ってらっしゃいませ」

と離れ屋の玄関先で見送った。

磐音は用意していた一文字笠《いちもんじがさ》を被り、蓑《みの》を着込んで、草鞋《わらじ》で足元を固めていた。

一刻半《いっときはん》（三時間）後、磐音の姿を神保小路から遠く離れた穏田《おんでん》村と上渋谷《かみしぶや》村の境に見ることになる。

玉川上水《たまがわじょうすい》から繋がる渋谷川の流れを静かな雨が打っていた。

川の東には、芸州広島藩四十二万六千石、浅野家下屋敷三万八千余坪の広大な屋敷が作り出す闇があった。

渋谷川に架かる土橋に人影が現れたのは、どこで打ち出すか、時鐘が九つ（夜十二時）を告げた後だ。

土橋に篝火《かがりび》が焚《た》かれてその姿を浮き上がらせた。すると槍《やり》を搔い込んだ武士が姿を見せて、流れに向かって槍を繰り出す。その穂先がきらきらと煌めいた。

また土橋の南側に弓方数人が現れて潜んだ。

四半刻後、さらに重臣と思える形《なり》の三人が姿を見せた。陣羽織を着込んだ一人は若武者で、残りの二人は老人だった。

床几《しょうぎ》に座った若武者に小者《こもの》が傘を差しかけた。二人の老人は土橋のあちこちらを検分して回った。腰が少し曲がった老侍が、

「よいな。一門の恥辱、今宵こそ雪《そそ》ぐ時ぞ」

と一同に宣告した。

若武者はただ黙って床几に座していた。

さらに半刻が過ぎた。

磐音は、西側に広がる田圃《たんぼ》道から土橋に向かって近づく人の気配を感じ取っていた。

向田源兵衛だ。

破れ笠の他、雨から身を守る雨具とてなにも着用していなかった。

磐音は土橋を見上げる南側にそっと移動した。

「おおっ、向田源兵衛が現れおったぞ」

という叫び声を槍方の一人が上げた。

向田はただひたひたと土橋に歩み寄り、橋の手前で歩みを止めた。

「お招きにより参上仕《つかまつ》った」

「下郎、命を貰い受ける」

最前、一同に一門の恥辱を雪ぐ時ぞ、と叫んだ老侍が応じた。

「なにゆえそれがしの命を絶たれるや」

「知れたこと。わが一門の総帥、家老石塚八兵衛《やへえ》高道《たかみち》様嫡男小太郎高義《たかよし》様暗殺の廉《かど》により成敗してくれん」

夜の雨を揺らして忍び笑いが起こった。向田源兵衛の口から、

「ふっふっふ」

という笑いが洩れていた。

「下郎、なにが可笑《おか》しいか」

「芸州広島藩は初代長晟《ながあきら》様以来、家老職の世襲を許さず。これ藩是、決まりにござる。それを八兵衛高道様は老いて耄碌《もうろく》されたか、嫡男小太郎高義どのを家老職に就けんと画策されて藩政を二分させ、混乱に追い込んだ罪軽からず」

「己が如き下士に、広島藩四十二万六千石の長柄《ながえ》筆頭家老職の人事を云々《うんぬん》される謂《いわ》れなどないわ」

再び向田の口から笑いが洩れた。

「それがし、間宮一刀流を学び申した」

「それがどうした」

「流祖間宮久也様は、二代光晟《みつあきら》様の師範として剣の道を志した人物でござる。さて間宮家には代々口伝《くでん》される一事あり。武官藩政に関わるべからず、なる一条

にござる。されど、家臣が藩治の実権を執行せんと野望を抱きしとき、敢然とそれを絶てとの教えもあり」

「藩政に長年功労のある石塚八兵衛様が嫡男小太郎様に家老職を譲ろうと決断なされたは、広島藩のため浅野家のため、延《ひ》いては家臣一同のためであった」

「笑止なり。都丸参左衛門《とまるさんざえもん》」

「念のため質す。小太郎高義様を暗殺せしは下郎、そのほうじゃな」

「いかにも」

「われら、小太郎様の仇を討ち、次男正次郎高由《まさじろうたかよし》様を擁して家老職を世襲せしめる」

「愚か者が」

と向田源兵衛が吐き捨てた。

磐音の前で三人の弓方がきりきりと弓弦《ゆづる》を引き絞った。

ふわり

と動いた磐音は包平を抜くと、次から次に弦を切り払った。

「何奴か」

弓方が狼狽して立ち上がった。

峰に返された包平が、刀の柄《つか》に手をかけた三人の肩口や胴を強打すると、その場に転がした。

土橋上で対決する向田源兵衛と石塚一門の視線が磐音に集まった。

「下郎、仲間がおったか」

向田が磐音に向かい、ぺこりと頭を下げて、

「佐々木磐音様、まさかこのような場所にまで」

「向田源兵衛どのは、直心影流尚武館佐々木道場の客分にございましたな。尚武館の佐々木磐音にとって、見逃しのできぬ文にございました」

磐音の橋下からの宣告に、土橋の石塚一門に動揺が走った。

「佐々木磐音様にお願い申す。われらがこと、広島藩浅野家の仕儀に非ず。石塚一門とそれがし、向田源兵衛の私闘にござる」

「しかと承《うけたまわ》った。存分に振るわれよ」

向田源兵衛が剣を抜いた。

石塚一門の槍方が穂先を揃えて向田に突進してきた。

磐音の目に向田の小太りの体が、
ひょいひょい

と避《よ》けつつ刃が右に左に振るわれた。すると向田が駆け去った後に、槍を構えたまま三人の侍が倒れ込んでいった。

向田源兵衛は、石塚一門が父の跡を継いで広島藩浅野家の家老職に世襲せしめようとする次男の正次郎高由に向かって、まっしぐらに突進していた。

その前に壮年の武士が立ち塞がった。すでに剣は抜かれて脇構えにあった。

「向田源兵衛、通さぬ」

向田の足が止まった。

「おお、輿《よ》後奏八郎《のちしんぱちろう》どのか。そなたと戦う謂れはない」

「忘れたか。わが妹が石塚一門に嫁いだを」

「それだけの縁で同門のわれらが雌雄《しゆう》を決するや」

「間宮一刀流の教えなどおれは知らぬ」

「当代間宮久常《ひさつね》様との密契にござる」

「向田源兵衛、久常様直々の命を果たせば、そなたが間宮一刀流の後継か」

「輿後どの。それがし、藩を脱した人間。間宮一刀流の後継など努々《ゆめゆめ》考えてもおらぬ。御家流の間宮一刀流、忠義奉公の捨て石にござる。さすれば、石塚一門が家老職世襲を考える以上、正次郎高由どののお命も頂戴仕る」

輿後奏八郎が脇構えのまま戦いの境へと踏み込んだ。

向田源兵衛も正眼の構えで受けた。

土橋上の同門の兄弟弟子は、互いに秘術を尽くして渡り合った。

斬り合いの序盤は輿後が押し、それを向田が押し返して前後に動き、十数合も刃と刃が打ち合わされた。

細雨が降る中、刃と刃がぶつかり火花が散った。

両者は刃を合わせて膠着《こうちゃく》状態に陥った。

しばし動きを止めた後、再び輿後が攻勢に出た。

その瞬間、向田源兵衛の刃が篝火に白く光って躍り、輿後の内股《うちもも》を斬り上げた。

一瞬、輿後の身が竦んだ。さらに向田の刃が上方に流れて喉首を、
さあっ
と斬り裂いた。

「うっ」

と輿後の体が硬直した。そのかたわらを向田が、
するり
と擦り抜け、恐怖に床几から腰を浮かしかけた石塚正次郎に走り寄ると、忠義

の刃を喉元に深々と振るった。

磐音は、篝火に若武者の血が振り撒かれたのを見た。

老侍が悲鳴を上げた。

向田源兵衛が橋を駆け抜けた。

その前に磐音が立った。

「佐々木若先生」

向田源兵衛が髭面をぺこりと下げた。

「しばし旅路に身を置かれよ。よいな、尚武館はいつなりともそなたのために門を開いており申す」

「有難きお言葉にござる」

血刀を提げた向田源兵衛が磐音の前から走り去った。

磐音は、土橋上に呆然として立ち竦む石塚一門の老侍に向かって静かに歩み寄った。

浅野家の重臣、石塚一門と向田源兵衛との、

「私闘」

が広島藩に波及せぬよう都丸参左衛門に自省を求めた磐音は、その足で表猿楽町の速水邸を訪ね、速水左近に仔細を告げた。

磐音が神保小路の尚武館道場に戻ったのは、利次郎らが朝稽古を始める刻限だ。すでに雨は上がっていた。

磐音は離れ屋に行くと蓑と一文字笠を脱ぎ、草鞋の紐《ひも》を解いた。するとおこんが気配を感じたか、姿を見せた。

「向田様とお会いになりましたので」

「会うたが、旅に出られた」

「もはや尚武館には戻ってこられませんか」

「はて。何年か後、柳原土手で殴られ屋を始められるやもしれぬな」

と答えた磐音は、

「おこん、稽古着を頼む」

「仕度はなっております」

磐音は稽古着を身に付けると道場に向かった。

微光が尚武館の庭に射し込み、磐音の視界に、白桐の若葉が雨に濡れて光って見えた。

おこんは磐音を見送りながら、白桐の苗木が高さ数丈余の大木になった景色を夫の背に重ね合わせていた。

文春文庫

白《しろ》桐《ぎり》ノ夢《ゆめ》
居眠《いねむ》り磐音《いわね》（二十五）決定版《けつていばん》

定価はカバーに
表示してあります

2020年2月10日　第1刷

著　者　佐《さ》伯《えき》泰《やす》英《ひで》

発行者　花田朋子
発行所　株式会社 文藝春秋

東京都千代田区紀尾井町 3-23　〒102-8008
TEL 03・3265・1211㈹
文藝春秋ホームページ　http://www.bunshun.co.jp

落丁、乱丁本は、お手数ですが小社製作部宛お送り下さい。送料小社負担でお取替致します。

印刷製本・凸版印刷

Printed in Japan
ISBN978-4-16-791441-7